光文社文庫

長編推理小説

十津川警部 姫路・千姫殺人事件

西村京太郎

光 文 社

目次

第一章　秘せよ千姫

1

「お次の依頼人です」

と、司会の東野（ひがしの）がいい、カーテンが開いて、その日三人目の鑑定依頼人が、登場した。

和服姿の若い女性だったが、その瞬間、場内の空気が、かすかにゆれたように感じられた。

あとになって、東野と、もう一人の司会者井上（いのうえ）は、

「ぞくっとした」

と、同じ言葉を口にした。

彼女が、ただ美しいだけなら、二人とも、ぞくっとはしなかった筈（はず）である。

東野にしても、井上にしても、芸能界では、すでに、二十年あまり生きているから、美人は、見なれていた。

その二人が、和服姿の依頼者を見て、ぞくっとしたのは、美しかっただけではなく、何か得体の知れない雰囲気を感じたからなのだ。

しかし、それが何か、わからないままに、番組は進行していった。

「お名前は？」

と、東野が、きく。

「本多（ほんだ）あかりです」

と、彼女が答える。

「では、本多あかりさんのお持ちになったものを、見せて頂きましょうか」

もう一人の司会者の井上がいい、その品物が、持ち出された。

「これ、打（うち）かけですね」

と、井上は、確めるようにいう。

「そうです」

「美しい柄（がら）ですね」

「でも、ずいぶん、古そうだな」

東野が茶化すように、いった。

女、本多あかりは、微笑した。

「四百年近く前のものですから」

「それに、ちょっと、焦げていますね」

東野が、いったが、今度は、あかりは黙っていた。

「これは、どういうものですか？　何か、歴史のあるものですか？」

井上が、決っている質問をする。

あかりは、また、微笑して、

「千姫が、着ていたものです」

「千姫というと、豊臣秀頼と結婚した——？」

「ええ」

「確か、大坂城が落城した時、秀頼は自刃したが、妻の千姫は、難を逃れて、城を脱け出したんでしたね」

「はい。その時、炎を避けるために、その打かけを頭からかぶったといわれています」

「これが千姫の打かけだとしてですが、なぜ、あなたがお持ちなんですか？」

「私、千姫の末裔ですから」

あかりは、微笑して、いった。

場内に、小さなどよめきが生れた。

「何か、家系図みたいなものがあるんですか？」

と、東野が、きいた。

「いいえ。家系図なんか作ろうとすれば、いくらでも作れますから」

と、あかりは、いう。

「何処から、いらっしゃったんですか？」

「姫路から、参りました」

「姫路というと、千姫が、しばらく住んでいた姫路城がありますね」

と、井上が、いった。

「それで、おいくらにしましょう？」

東野が、きく。

「一千万円にします」

と、あかりは、いった。

「高いなあ」

と、東野が、いい、

「もし、千姫が着ていたものなら、一千万円はしますよ。それに大坂城落城の時に、使っていたとすれば、もっと、値打ちが出ますよ」

と、井上が、いった。

「では、聞いてみましょう」

と、東野が、いった。

値段が、カウントされる。

この番組で、一番、緊張する瞬間だった。

しかし、カウントされた金額は、五十万円だった。

「どういう計算になっているんですか？」

と、井上が、審査員の一人にきく。

飯田（いいだ）という古美術専門家は、

「生地（きじ）は間違いなく、安土・桃山時代のもので、かなり、豪華なものですが、千姫が着ていたという証拠はありませんから、五十万くらいが、適当だと思いますね」

と、いった。

もう一人の永井（ながい）は、

「歴史的事実をいいますとね。千姫というのは、徳川秀忠（とくがわひでただ）の娘で、豊臣秀頼に嫁（とつ）いだんです。大坂城落城のとき、豊臣側としては、千姫を城から出せば、秀頼の助命をしてくれるだろうと思って、落城前に、徳川方に返したんです。しかし、家康は、許さなくて、そのあと、秀頼は、自刃します。だから、千姫が炎の中を、打かけをかぶって、脱出したという事実はないんです。だから、その打かけにある焦げ跡は、大坂城の落城とは、関係ありませんね」

と、いった。

「うちの先生方は、あんなことをいっていますが、どう思われますか？」

井上が、きくと、あかりは、別に怒りもせず、

「書物に書かれたことが、事実とは、限りませんから」

とだけ、いった。

「私は、あなたのいうことを、全て信じますよ。何しろ、私は美しいものの味方ですから」

東野が、おどけていった。が、あかりは、微笑しただけだった。

このあと、普通の依頼者は出品したものと、別々に退場することになっているのだが、あかりは、手を伸ばして、打かけを取ると、それを、ふわりと、頭にかぶって、退場して行った。

それは、有無をいわさぬ仕草であり、美しさだった。

一陣の風が、吹き抜けて行った感じだった。

一瞬の間をおいて、場内から、拍手が起きた。

2

三日たったとき、テレビ局の、その番組の担当者に、電話がかかった。

番組は、「オリエント」というプロダクションが作っている。

その青木(あおき)が、電話を受けた。

中年の男の声で、

「四月二日の番組に出演していた千姫の子孫の女性のことなんですがね」

と、いう。

「本多あかりさんのことですか」

「そう。その人。姫路に住んでいるといってたが、住所と電話番号を教えてくれませんか」

「本多あかりさんに、ご用なんですか？」

「ぜひ、あの時の打かけを買いたいんですよ」

「でも、売るかどうか、わかりませんよ」

「彼女は、一千万円といっていた。だから、一千万以上出せば、売るんじゃないんですか。とにかく、交渉したいので、住所と電話番号を教えて下さい」

と、相手は、いった。

名前も、いった。白石真一。チェーンレストランを、経営していて、あの打かけは、都内の店に飾りたいのだと説明した。

青木は、本多あかりの住所と電話番号を教えて、電話を切ると、隣りの林清美に向って、

「これで、五人目だよ」

「美人だから、人気があるのよ。今までの四人は、全員、本多あかりが独身かどうか、そればかり聞いてたじゃないの」

清美が、いう。

「だから、あの打かけを、一千万円で買いたいというのは、初めてなんだ」

「一千万円なんかしないんでしょう」

「二人の鑑定人は、五十万の値段をつけている」

「それを一千万で買うなんてね。そうか、あの美人を一緒に買うつもりなのかな」

と、清美は、笑った。

青木は、指をパチンと鳴らした。

「もう一度、彼女を番組に呼んでも面白いな。あの打かけがどうなったかだけでも、十五、六分は、もつかも知れない」

「彼女が、本当に千姫の子孫かどうかも絡めればね」

「子孫という以上、他にも千姫に関係する物を持ってると思うから、それを出して貰っても面白いな」

「でも、子孫だというのは、嘘だと思うわ」

と、清美は、いった。

「どうして？　家系図がないからかい？」

「だって、千姫は、徳川秀忠の娘なんでしょう。徳川家の主流にいたわけじゃないの。それが、家系図がないなんておかしいわよ」

「確かに、それは、そうなんだ。千姫の経歴は、全てわかっているからね」

「彼女との出演交渉は、青木さんが、ひとりで、やったんだから、千姫についても、少しは調べたんでしょう？」

「一応、関係本を読んだよ。相手と話を合わせる必要があるからね」

「それを話してみてよ」

「千姫は、今、いわれるように、二代将軍秀忠の娘でね。豊臣秀頼と結婚するんだが、これは、多分、政略結婚だと思う。ところが、大坂城で、秀頼が自刃し、助け出された千姫は、大坂から江戸へ移る途中で、桑名城主の本多忠政の息子の本多平八郎忠刻に見染められた。忠刻というのは、有名な美男でね。千姫の方が見染めたという説もあるが、二人は夫婦になった。とにかく、千姫は将軍の娘だからね。このおかげで、本多家は、五万石加増され、部屋住みだった忠刻にも十万石が与えられ、忠刻は姫路城の城主になった。それで、千姫も姫路城に住むことになった。二人は仲が良く、一男一女を儲けたが、この男の子の幸千代は、三歳のときに亡くなってしまうんだ。千姫は、大坂城で自害した秀頼のたたりではないかと恐れて、伊勢で、祈願するが、更に夫の本多忠刻が、三十一歳の若さで、病死してしまう。長男の幸千代が生きていれば、彼が、本多家を継ぎ、千姫はその母として、姫路城で権勢をふるえたんだが、幸千代も死んでしまっているし、嫡男が、家を継ぐ時代だから、千姫は未亡人として、長女の勝姫と一緒に姫路を捨てて、江戸に帰った」

「でも、将軍秀忠の娘だから、大切にされたんでしょう？」

「そうだよ。秀忠の子の家光が、三代将軍になるんだが、何といっても、千姫はこの家光の姉に当るわけだからね。家光は、この姉を大切にした」

「この時、千姫はいくつ？」

「三十歳」

「若い未亡人ね」

「その上、美人だからね。多くの大名から、結婚してくれと望まれたらしいが、千姫は、二人の夫に死なれているから、二度目の再婚を望まず、その後、家光の姉として力をふるい、七十歳で亡くなっている」

「千姫の娘さんは？」

「勝姫は、その後、備前岡山藩主池田光政に嫁いでいる」

「じゃあ、その方の血筋は続いているわけね」

清美がいうと、前の机の佐々木が、

「吉田御殿だってあるぞ」

と、いった。

「何なの、吉田御殿って？」

「千姫は、江戸で、北の丸の竹橋御殿に住んでいたんだが、これは、俗に吉田御殿と呼ばれていてね。何しろ三十代の若さだから、夜には、もんもんとするじゃないか。それで、毎日、御殿の二階から下を見て、美男子が通ると、邸内に呼び入れて一夜の相手をさせ、その秘密が洩れないように殺して古井戸へ投げ込んだといわれているんだ。それが、吉田御殿のご乱行として有名でね。だから、他にも、千姫の子供がいる可能性はあるんだよ」

と、佐々木は、いった。

「本当なの？」

「当時流行(はや)った唄に『吉田通れば二階から招く、しかも、かのこの振袖で』というのがあるんだからな」

「嘘だよ」

と、青木は苦笑して、いった。

「しかし、おれは小説で、読んだことがあるがね」

「考えてみろよ。マンションの二階に住んでいたわけじゃないんだ。大きな御殿に住み、多くの家臣に囲まれていたんだ。それに、将軍の娘が、そんなバカなことはしない。この俗説は今は、完全に否定されているよ」

「でも、当時、その噂(うわさ)はあったんでしょう？ 火のない所に煙は立たないっていうわよ」

と、清美が、いった。

「いつの時代でも、深窓(しんそう)の令嬢の秘密を見たいという大衆の欲望さ。自分の知らない世界を、あれこれ、想像して楽しむんだ。それが、スキャンダラスなことなら、なお楽しいというわけだよ。大衆というのは、そんなものさ」

と、青木は、いった。

「吉田御殿話が幻だとすると、千姫の後継者というと、池田家に嫁いだ、千姫の娘の線だけになるんじゃないの。その線を調べていけば、あの本多あかりが、千姫の子孫かどうか、自然にわかってくるんじゃないの？」

清美がいうと、青木は急に、眼をそらして、

「そりゃあ、そうなんだがね」

「怪しいな」

「何が？」

「青木君は、いくつだっけ？」

「二十五だけど、それがどうしたんだ？」

「二十五歳で、独身。特定の恋人はいない」

「何だい？」

「本多あかりさんは、確か二十六歳、独身なんでしょう？」

「おれとは、関係ないよ」

「そうかな。もう一度、彼女を呼びたいって、真剣に考えているのは、それだけ、関心があるということだわ」

「おれは、視聴者が、もう一度、彼女を見たいだろうと思って、考えてるだけだよ」

と、青木は、いった。

佐々木が、笑って、

「どっちでもいいじゃないか。おれたちとしては視聴率が上ればそれでいいんだ」

3

四月十五日の深夜、丸子多摩川（まるこたまがわ）の河原にとまっていた車が、突然、炎上した。

真っ赤な炎に包まれた車を見て、驚いた人が、一一九番し、消防車が駈（か）けつけた。

直（ただ）ちに放水が始まったが、ガソリンか灯油が、大量にまかれているとみえて、なかなか、炎が消えてくれない。

とうとう、化学消防車も呼ばれた。

完全に消火したのは、一時間後だった。

しかし、車体は完全に焼け焦げ、ガラスは割れ、車体は高熱でひん曲ってしまっていた。

その車体の運転席には、黒焦げになった死体が、横たわっていた。

性別もわからないほど、焼けてしまっていたが、歯の部分は、原形をとどめていたので、そこから、焼死体の身元が割れた。

白石真一。四十歳。イタリア料理店を十数軒経営している、いわゆる青年実業家だった。

十津川と亀井は、白石の住所である月島の超高層マンションに出かけた。

その三十六階に、白石の部屋があった。

インターホンで、来意を告げると、ドアが開いて、二十六、七の女が、顔を出した。

「奥さんですか？」

十津川が、声をかけると、女は、小さく笑って、

「元妻かしら」

と、いい、二人を、中に招じ入れた。

彼女は、京子と、自己紹介し、

「白石が、死んだんですって？」

「そうです。亡くなりました」

と、十津川がいうと、京子は、別に驚きもせず、

「白石が死んだら、このマンションは、私のものになる、そういう約束になってるんです」

「気前のいい人だったんですね」

と、十津川は、いった。

「あの人は、美しいものが好きで、収集するんだけど、すぐあきて、捨ててしまう」

「あなたも、収集品の一つだったわけですか？」

亀井が、きくと、女は、笑って、

「これでも、三年前は、美人コンテストで、優勝したことがあるの」

「今のところ、白石さんが、殺されたのか、自殺したのか、わからないのですよ」

十津川が、いうと、京子は、また笑って、

「あの人が自殺なんか、するものですか」

「すると、殺されたことになるんだが、そんなに白石さんは、憎まれていたんですか？」

「さあ、それは見方によるわ」

と、京子は、いった。

「それは、どういう意味ですか？」

「彼は、欲しいものには、いくらでも金を注ぎ込むし、優しいわ。だから、私も、全然、恨んでない」

「それでは、白石さんは、新しい美しいものを手に入れようとしていたんですか？」

と、十津川は、きいた。

「千姫を手に入れるんだって、いってましたよ」

京子が、いった。

「千姫って、徳川家の千姫ですか？」

「ええ。そうみたい」

「しかし、今、千姫には会えないでしょう。何しろ、三百年以上前に死んでいますから」

「何でも、テレビで見たといってましたよ」

「千姫をですか？」

「それは、知りませんけど」

京子は、そっけなく、いう。

その日の中に、捜査本部が、設けられた。他殺の可能性が強まったからだった。

十津川は、集った刑事たちに向って、

「君たちの中に、最近、テレビで、千姫を見た者はいるか？」

と、きいた。

「ドラマですか？」

と、西本が、きく。

「いや、ドラマじゃないと思う。被害者は、千姫を金で買えると思っていたらしい」

「金でですか？」

と、日下(くさか)が、おうむ返しにいってから、

「Tテレビで、千姫の打かけというのが、披露(ひろう)されるのを見ました。持主は、一千万円の価値があるといっていましたが、鑑定人は、千姫のものだという証拠はないから、五十万円という評価でしたね」

「あの番組か」

と、十津川は、肯(うなず)いてから、

「しかし、その打かけを、手に入れたかったのかな？　千姫の打かけという証拠はないんだろう？」

「そうです」

「被害者は、とにかく、美しいものが好きで、何とかして、手に入れようとするということなんだが」

十津川が、いうと、日下は、笑って、

「じゃあ、打かけの持主かも知れません」

「持主？　そんなに美人なのか？」

「二十五、六歳の大変な美人でした。それに、自分は千姫の子孫だといっていました」

「何処(どこ)の女性だ？」

「何処の人だったかな？」

と、日下が自信のない顔をすると、三田村が、

「姫路です」

「君も、その番組を見てたのか」

と、十津川は、三田村に眼を向けて、

「君も、美人だと思ったか？」

「ぞくっとしました。ただ美しいというだけでなく、それ以上の魅力を感じましたね。危険な感じでした」

と、三田村は、いった。

「Tテレビに行ってみよう」

十津川は、亀井に、いった。

すでに、昼近くになっている。芝公園近くのTテレビに向った。

テレビ局は、いつも、賑やかで騒々しい。ここで、問題の番組を作っているプロダクションを教えて貰い、そこの責任者を、呼んで貰った。

やって来たのは青木という若い男だった。

十津川と亀井は、局内の喫茶ルームで、話を聞くことにした。

白石真一の死を告げると、青木は、知らなかったとみえて、

「本当ですか？」

「会ったことが、あるんですか？」

と、十津川は、きいた。

「いや、会ったことはないんです。例の番組が、放送されたあと、電話して来て、本多あかりさんの住所と電話番号を教えてくれと、いわれました」

と、青木は、いった。

「それで、教えたんですか？」

「最初は、ためらったんですが、ご自分の名前や職業なども、正直にいって下さるし、とにかくあの打かけが欲しいと、熱心にいわれるので、じゃあ、とにかく、本多あかりさんに、連絡してみて下さいといったんですけどねえ」

「それで、白石さんは、連絡したんでしょうか？」

「それは、わかりません。あのあと、白石さんからは、何の連絡もありませんから」

と、青木は、いった。

十津川は、彼から、本多あかりの電話番号を聞き、その場で、かけてみた。

若い女の声が、電話口に出て、

「本多でございますが」

と、いう。

「本多あかりさんですか？」

「はい」

「東京の白石真一という人から、電話がありませんでしたか？」

「失礼ですけど――？」

「本多さんはTテレビに、千姫の打かけを出品なさいましたね？」

「はい」

「白石という人は、その打かけを、どうしても欲しいといって、あなたの住所と電話番号を聞いているんです。それで、きっとあなたに連絡したと思ったんですが」

「白石さんという方から、お電話はありませんけど、そちらは、失礼ですが――」

「申しおくれました。私は、警視庁捜査一課の十津川といいます。昨夜おそく白石真一さんが、殺されましてね、調べていくと、今、いったように、あなたの出演していたテレビを見ていて、千姫の打かけを欲しいといっていたことがわかりましたので、電話を差し上げたんです」

「そういうことでしたか。でも、今、申し上げた通り、白石という方から電話を頂いたことは、ありません」

「そうですか」

「ご協力できず、申しわけございません」

「いえ、いえ」

十津川は、恐縮して、電話を切った。

青木は、それを聞いていて、

「白石さんは、電話では、すぐにでも本多あかりさんに連絡を取りそうなことを、いってたんですがねえ」

と、首をかしげた。

十津川たちは、Tテレビから、問題の番組のテープを借りて、捜査本部に戻った。

留守の間に、白石真一に関する資料が、かなり、集っていた。

その一つが、ベンツS500のカタログだった。

「焼けた車は、そのベンツS500で、二ヵ月前に、購入した新車だったそうです」

と、西本が、いった。

「白石は、自分で運転していたのか?」

と、十津川は、きいた。

「そうです。彼を知っている人間の話では、何処へ行くにも、自分で、運転したそうです」

「車の色は、このカタログと同じ、シルバーメタリックか？」

「そうです」

「それが、黒焦げか」

「消防の話では、車内は、千度近くになっていたろうということです。それから、タイマーの破片が、見つかったと、知らせてきました」

と、西本は、いった。

「タイマーが、あったのか」

「そういっています」

白石真一の友人、知人への聞き込みの報告も集っていた。

報告書に書かれた白石の経歴は、文字通り成功者の記録だった。

亡くなった彼の父親は、一軒の小さなイタリア料理店のオーナーだった。

白石はそれを、十五軒のチェーン店にし、バブルの弾（はじ）けた今も、きちんと利益をあげている。

十津川は、そうした白石の経歴よりも、彼の性格の報告の方に、興味を持った。

三田村の報告書には、こうあった。

〈学生時代から、白石は、自分の欲しいものは、何としてでも手に入れようとするところがあり、そのため、しばしば友人と、衝突した。しかし、その友人たちも、結局、白石に根負けして、ゆずったという。その傾向は、社会人になってからも変らず、成功してからは、一層、強いものになった。

それが、よく働く場合は、例えば、優秀なシェフの獲得に、彼は、金を惜しまず、全力をあげ、それが、事業の成功につながっている。

彼は、今までに、三回結婚し、三回離婚している。

一回目は、社会人になってすぐで、相手は、大学の同窓で、ミス・キャンパスといわれた美人である。友人たちの話では、白石は、ストーカーめいたことまでして、彼女を獲得したのだが、六ヵ月後に離婚している。

二度目は、三十八歳の時で、成功したイタリア料理店のチェーン経営で、コマーシャルを作ることになり、その時、モデルに起用した新人女優だった。この時も、金にあかせてのプレゼント攻勢で、口説き落している。しかし、これも、一年で離婚した。

三回目は、ミス・日本で、スチュワーデスだった飯田京子で、彼女も、仕事で使うJALの中で、一目惚れして、強引にものにしている。しかし、彼女の場合も、一年で、離婚している。

この三度の結婚と離婚について、白石は、こんなことをいっていた（友人の証言）。

「私は、美しいものを見ると、無性に欲しくなって、手に入れるまで、落ち着かないんだ。しかし、美しいものは、褪（あ）せやすいね」

しかし別れた三人の女性は、一人も、白石を批判したり恨んだりしていない。それは、別れる時に、彼が、多額の慰謝料を、払っているからである。

その額は大きく、友人の一人は、「もし、白石が、三回の離婚をしていなければ、今頃、チェーン店は、十五軒ではなく、五十軒になっている筈だ」と、いっている。〉

この報告書を読んだあと、十津川は、テレビ局で借りて来たビデオを、亀井と二人で見た。

画面に、本多あかりが登場し、千姫の打かけと称するものが、運ばれて、鑑定される。あかりが、最後に、その打かけを、ふわりとかぶって、退場するまでを二人は、三回、くり返して見た。

見終ったあと、十津川と亀井は、揃って、

「美人だな」

「魅力がありますね」

と、いった。

「私には、この本多あかりが、千姫の化身のように見えます」

と、亀井は、続けた。

「千姫の化身か」

「千姫は美人だったそうですから」

「どっちだったのかな？」

十津川が、呟やいた。

「何がですか？」

「白石真一の目的だよ。彼は、千姫の打かけが欲しいので、本多あかりの住所と電話番号を教えてくれと、あの青木青年に電話してきた。本当に、打かけが欲しかったのだろうか。それとも、本多あかりが、欲しかったのかな？」

「白石は、骨董の趣味があったんですか？」

「多少はあったと思うね。彼のマンションに、高そうな陶器や絵が、飾ってあったじゃないか」

「しかし、問題の打かけは、テレビで、五十万の価値しかないと鑑定されてしまっています。それに、打かけ自体、焦げていたりして、美しいものじゃありませんよ」

と、亀井は、いった。

「じゃあ、本多あかりの方か」

「白石は、何とか本多あかりを口説き落して、四度目の結婚をしようと思っていたんじゃありませんか」

と、亀井は、いった。

「四度目の結婚か」

「それに、本多あかりという女には、他の三人の女にはないものを感じるんです。白石が過去に結婚し、離婚した三人の写真を見ましたが、確かに、皆美人で、魅力があります。しかし、本多あかりには、三人にはないプラスアルファがあるような気がするんです」

「それは、何だね？」

「うまくいえませんが、凛々(りり)しさですかね」

と、亀井は、いった。

「凛々しさか」

十津川は、呟やいた。

しかし、白石真一は、焼殺されてしまった。

これは、千姫と関係が、あるのだろうか。もし、何の関係もなく、別の理由で殺されたのだとしたら、千姫について調べたり、千姫の子孫と自称する本多あかりについて調べることは、全く、無意味なのだ。

十津川は、刑事たちに、向って、

「他の動機は、考えられるか？」

と、きいてみた。

三田村と、北条早苗が、答える。

「報告書にも書きましたが、別れた三人の元妻の線は、考えにくいと思います。三人とも、白石から、多額の慰謝料を貰って、満足していますから」

と、三田村は、いった。

「間違いないか？　慰謝料の額に差があって、それで、三人の中の一人が、恨んでいたということはないのかね？」

「ありません」

と、早苗が、答える。

「前の二人はすでに他の男性と再婚して、幸福に暮していますし、三人目の女は、沢山の慰謝料を貰って、満足しています」

「商売の上で、競争相手に憎まれていたとかは、ないのか？」

と、きくと、西本と日下が、答えた。

「この不景気ですから、同業者に恨まれるようなこともしてきたようです。シェフを始め、優秀な従業員の引き抜きもやっていますし、結果的に、同業の店が潰れることもあったようです。しかし、そうしたことは、日常的に起こることで、そのために、あんな残酷な殺され方をするとは考えられないと、みんなが、いっています」

「ヤクザと、いざこざを起こしたことは、ないのか？」

と、亀井が、きいた。

「商売に、ヤクザが介入してきたこともあるようですが、白石は、相手を上手く買収して、目立った問題を起こしていません」

「白石は、いつから、行方不明になっていたんだ？」

十津川が、きいた。

「東京赤坂の店が、本店になっていて、そこに、社長室があります。増田という三十五歳の秘書も、そこにいて、彼に話を聞いて来ました。それによると、社長の白石は、四月十二日の午後、増田に三、四日、旅行に行ってくると、いったそうです」

「そして、十五日の夜、丸子多摩川の河原で、車ごと、焼き殺されたのか。白石は、ひとりで、何日間か、旅行に出かける習慣があったのか？」

「秘書の話では、白石は一月に一回くらい、行先も告げずに、一人で、ふらりと旅行に行っていたそうです。精神のリフレッシュと称してです。それで、秘書も別に、心配していなかったと、いっています」

と、日下が、いった。

「その旅行は、愛車のベンツを、自分で運転して、出かけていたのかね？」

「国内旅行の時は、だいたい、愛車を飛ばして出かけていたようだと、秘書はいっていますし、別れた奥さんも、同じ証言をしています」

「白石は、車で、姫路へ行ったのかな？」

十津川は、亀井を振り返った。

「車が、丸焼けになっていたけれど、走行距離がわかれば、何処へ行っていたか、だいたいわかるんですが」

「もし、東名を走ったとすれば、監視カメラに、白石の車が、写っているかも知れないな」

と、十津川は、いった。

現在、ハイウエイのところどころに、監視カメラがあって、犯罪捜査に威力を発揮している。

十津川は、日本道路公団に、白石のベンツS500の色、年式、ナンバーなどを知らせて、協力を要請した。

その結果が出たのは、二日後だった。

東名高速の浜松と豊川の間の下り車線に設けられた監視カメラに、写っていたのである。

その写真が、送られてきた。

四月十三日一三時〇七分とあった。

間違いなく、白石のベンツS500が、写っていて、プレートナンバーも一致していた。

左ハンドルの運転席で、サングラスをかけているのは、明らかに、白石真一だった。

「秘書に、旅行に出かけるといった翌日、白石は、ひとりで、ベンツを運転して、西に向ったんだな」

と、十津川は、その写真を見ながら、いった。

「常識的に考えて、姫路へ行ったと思われますが、この写真に写ったあと、姫路へ行ったという確証もありませんね」

亀井は、慎重に、いった。

このあと、名古屋へ行ったのかも知れないし、大阪まで行ったのかも知れない。

「姫路へ行ってみる必要があるな」

と、十津川は、いった。

4

翌日、二人は、東京発九時四六分の岡山行ひかり１４７号に乗った。

この列車の姫路着は、一三時二三分である。

列車が走り出すと、亀井が、

「東京から姫路まで、車を飛ばすと、何時間ぐらいかかりますかね？」

と、きいた。

「普通に走って、七時間くらいだろう。前に京都まで走って五時間かかったからね」

と、十津川は、いった。

「七時間かけても、あの打かけが欲しかったのか、それとも、あの美人に会いたかったのか」

亀井が、いう。

「多分、後者だろうね。何しろ、三回結婚して、三回離婚しているんだから」

と、十津川は、いった。

姫路駅に着くと、ホームから、姫路城が見えた。

「千姫は、あの城に住んでいたんですね」

と、亀井が、感心したように、いう。

「改修前の城だと思うがね。とにかく、美男美女の夫婦だったらしい」

と、十津川は、いった。

駅から、本多あかりに電話をかける。

警視庁捜査一課の刑事であることをいい、会いたい旨を告げると、

「千姫ぼたん園にいらっしゃって下さい。午後三時に」

と、相手は、いった。

「そのぼたん園は、何処にあるんですか？」

と、十津川は、きいた。

「姫路城の三の丸広場にあります。今、ぼたんの花盛りで、見事ですわ」

「必ず、伺います」

「お一人で、いらっしゃって下さい。大勢の方とお会いするのは、苦手なものですから」

と、あかりは、いう。

「わかりました。ひとりで、伺います」

と、十津川は、約束した。

十津川と、亀井は、バスで、姫路城に向った。

「本多あかりは、私に、一人で来てくれといっている」

と、バスの中で、十津川は、亀井に、いった。

「用心しているんでしょうか？」

「彼女は、大勢の人を相手にするのが、苦手だと、いっている」

「千姫がですか」

「千姫だから、わがままなんだろう」

と、十津川は、笑った。

姫路城は、今、桜が満開だった。

この城は、白鷺（しらさぎ）に似た美しさと同時に、桜の名所でもあるのだろう。

三時まで時間があるので、十津川は亀井と、満開の桜を見て歩くことにした。

桜と同時に、美しい城の構えもである。

二人とも、初めての見物なので、駅で貰った観光案内を見ながら、歩いて行く。

「まるで、田舎者の観光ですね」

と、亀井が、笑った。

「ここでは、田舎者だから、仕方がないよ」

十津川も、笑った。

時間が、来たので、十津川一人が、三の丸広場に向った。

千姫ぼたん園は、姫路城の入城料六百円を払っていれば、無料で入れた。

この、ぼたん園は千姫の夫だった本多忠刻の父、本多忠政の居館があった姫路城の三の丸に造られたので、千姫ぼたん園と、呼ばれるらしい。

恰好(かっこう)の散策の道になっていると見えて、家族連れや、若いカップルが、咲き誇るぼたんをめでながら、散策していた。

十津川は、しばらく歩いてから、ベンチに腰を下して、本多あかりが、現われるのを待った。

約束の時刻、三時を少し過ぎて、着物姿の女が、近づいてくるのが見えた。

派手な柄の着物なのだが、その派手さが、彼女に合っていた。

通りかかった観光客が、足を止めて、見とれる美しさだった。

十津川も、思わず、立ち上って、本多あかりを迎えた。

「十津川です」

と、あいさつしてから、

「ぼたんが、お好きなんですか？」

と、あかりにきいた。

「私、派手な花が好きなんです」

と、あかりが、微笑した。

「静かな所で、お話ししたいんですが」

十津川が、いうと、あかりは、ちょっと考えてから、

「この近くに、面白い喫茶店があるので、ご案内しますわ」

と、いった。

案内されたのは、ぼたん園から歩いて、七、八分のところにある昔の武家屋敷をそのまま利用した建物だった。

料亭もあり、喫茶コーナーもある。

広い日本庭園を囲むようにして、各コーナーが、並んでいるのだ。

「ここは昔、家老屋敷のあったところで、料亭の名物は、ぼたん鍋なんですよ」

と、あかりは、説明してくれた。

注文したコーヒーが、運ばれてくるのを待ってから、十津川は、

「先日、電話でお話ししたんですが、例のテレビの」

「千姫の打かけが欲しいと、おっしゃっていたという方のことですか?」

「ええ。白石という名前の東京の男なんですが、本多さんに、連絡してきませんでしたか?」

「あのテレビ放送のあと、何人かの方から、お電話を頂きましたけど、その中に、白石という方は、いらっしゃいませんでしたわ」

「じゃあ、直接、訪ねたのかな。この男なんですがね」

十津川は、白石の顔写真を、あかりに見せた。

彼女は、それを手に取って、じっと見ていたが、

「お会いしたことは、ありませんけど」

「実は、この白石という男は、東京で、殺されましてね」

と、十津川が、いうと、あかりは、そっけなく、

「そのことは、お電話で、お聞きしましたけど」

「そうでしたか。実は、白石の車が、四月十三日に、東名高速を姫路方向に向って走っているのが、確認されているのです」

「それで?」

あかりが、冷静な口調で、きく。

「白石は、車で姫路に来たと思われるのです。あなたに、会いにです」

「でも、お会いしていませんわ」

「失礼ですが、お仕事は？」

と、十津川が、きいた。

「デザイン工房をやっております。小さいものですけど」

「じゃあ、白石が訪ねた時、あなたが留守で、他の方が、会ったのかも知れませんね」

「それもありませんわ。そちらからの電話のあと、三人の社員に確めましたけど、誰も、白石という方に、会っていないという返事でしたから」

と、あかりは、いった。

十津川としては、そういわれては、

「そうですか」

と、肯くより仕方がなかった。

しかし、だからといって、十津川は、それほど、落胆してはいなかった。

とにかく、本多あかりに会ったのは、これが初めてなのだ。白石真一殺害に関係しているかどうかも、まだ不明なのである。

とすれば今は、こんなところで我慢しておかなければならないだろう。

「一つ聞いていいですか？」

と、十津川は、いった。

「何でしょう？」

「テレビであなたは、自分のことを、千姫の子孫だといっていますね。だが、家系図は無いと、いっている。千姫の子孫だという証拠はあるんですか？」

と、十津川は、きいた。

あかりの口元に微笑が、浮んだ。

「家系図もありませんし、証拠もありませんわ」

と、あかりは、いう。

「じゃあ、自分が、千姫の子孫というのは、あなたの勝手な思い込みですか？」

「私は、一つのお伽話（とぎばなし）を信じているんです」

「どんなお伽話ですか？」

と、十津川は、きいた。

あかりは、ふと、眼を閉じて、唄うように話し始めた。

「四百年も前のお話。大坂城が炎に包まれて、豊臣秀頼が、自刃して、豊臣家が亡びました。秀頼の妻の千姫は、徳川秀忠の娘だったので、助けられました。その後、桑名城主の本多忠政の息子で、美男の本多忠刻に見染められ、結婚し、姫路城に、住むようになりました」

「それは、知っています」

「でも、この時、千姫は、身籠っていたのです。本多忠刻の子供ではありません。亡くなった豊臣秀頼の子供です。この不運な子は、女の子でした。もし、男の子だったら、豊臣の血を継いでいるとして、殺されていたと思います。女の子だったので、殺されずにすみましたが、もちろん、本多家で、育てるわけにはいきませんから、本多家の遠縁に預けられました。この子のことは、本多家では、闇から闇にかくされ、その後、どんな運命に弄ばれたかはわかりません。ただ、一つのお伽話として、四百年間、語りつがれてきて、私は、その子孫なのです」

あかりは、眼をあけると、ゆっくりと、コーヒーに手を伸した。

自分の話に、酔っている感じでもなく、といって、照れている感じでもなかった。

「面白い話ですね」

と、十津川は、いった。

「わかっています。私の妄想だと笑っていらっしゃる」

「別に、笑ってなんかいませんよ。いつ頃から、自分に千姫の血が流れていると、信じるようになったんですか？」

と、十津川は、きいた。

「十代の前半でした。ある日、突然、自分には、千姫の血が流れているとわかったんです」

相変らず、あかりは、たんたんと、いう。

「誰に向っても、千姫の子孫だといっているんですか？」

「聞かれた場合だけですわ。あのテレビの時も、司会の方に、千姫との関係を聞かれたので、答えました」

「どんな反応が、戻ってきます？」

「馬鹿な妄想を持つものだという冷笑、あなたは現代の千姫だというセンスのないお世辞。ただ、笑っている人もいますわ」

と、あかりは、いった。

「これから、どうしようと、思っているんですか？」

十津川が、きいた。

「これから？　何のことでしょう？」

あかりは、小さく首をかしげた。

「テレビを見たといって、これからも連絡してくる人がいると思いますよ。あなたに会いたいと、いってです」

「ええ」

「あの打かけが欲しいという人には、何て答えるんですか？」

「私は、あの打かけは、一千万円の値打ちがあると思っているから、一千万円以上で買うという方には、お売りしたいと思っています」

と、あかりは、いった。

「今までに、何人かの人が、連絡してきたといわれましたね」

「はい」

「その人たちの中で、あの打かけを買いたいという人はいたんですか？」

「三人、いらっしゃいました」

「その人たちは、いくらの値段をつけて来たんですか？」

「テレビで、鑑定人がいった五十万円から、六十万円の間です」

「それで、断ったんですね」

「私には、一千万円の値打ちがありますから」

と、あかりは、いう。

「打かけを買いたいという以外の電話もあったんじゃありませんか？　ただ、あなたに会いたいという電話が」

「二件ありました」

「その二人には、会ったんですか？」

「いいえ」

「どうしてです？」

十津川がきくと、あかりは、小さく笑って、

「その方の目的が、見えすいているので、丁寧に、お断りしました」

と、いった。

「打かけの他に、何か、千姫のものを、持っていらっしゃるんですか？」

「千姫の懐剣(かいけん)を、一振り持っています」

「それは、お売りにならないんですか？」

「売りません」

「どうしてです？」

「いざという時に、使いますから」

と、あかりは、いった。

「いざという時って、どんな時ですか？」

「辱(はずかし)めを受けた時ですわ。あの懐剣を使って、自刃します」

と、あかりは、いった。

5

あかりが、店から消えると、何処にいたのか、亀井が現われた。

亀井は、今まで、あかりが座っていた椅子に腰を下すと、

「彼女は、白石真一については、相変らず、何も知らないですか？」

と、きいた。

「ああ。電話もなかったし、会ってもいないと、いっている」

「信じられませんね。白石が、自分のベンツで、姫路方面に行ったことは間違いないんです。姫路といえば、本多あかりに会いに行ったに決っています。会っていないというのは嘘ですよ」

と、亀井は、いった。

「しかし、それで、本多あかりが、白石を殺したとすると動機はいったい何だね？」

十津川が、首をかしげる。

「二つの考えがあります。一つは、白石と本多あかりが、昔、関係があったというケース

です。白石は未練があり、彼女を探していた。たまたま、テレビ画面で彼女を見つけ、車を飛ばして、姫路に行った。姫路で会い、白石は復縁を迫ったが、断られて、ケンカになった。そして、本多あかりに、殺されてしまったのです。殺してしまった彼女は、死体の処置に困ってしまった。姫路で発見されたら、自分が疑われてしまいますからね。そこで、車ごと東京へ運び、多摩川の河原で、焼いてしまったんです」

「もう一つのケースは？」

と、十津川は、きいた。

「白石と本多あかりが、初対面のケースです。白石は無類の女好きで、欲しいものは必ず手に入れると豪語している男です。白石は、テレビで、本多あかりを見て、その美しさに驚き、手に入れようと、決意しました。自ら車を運転して、姫路に向いました。彼女に会って、口説いたが、拒否された。それでも、諦める男じゃありません。力ずくで、自分の車に乗せて、東京へ連れ帰ろうとしたのではないか。ところが、逆に、本多あかりに殺されてしまった。そのあとは、第一のケースと同じです」

と、亀井が、いった。

「ストーリィとしては納得できるが、証拠がね」

と、十津川は、いった。

「彼女のアリバイを、調べてみましょう。彼女が犯人なら、彼女は、白石のベンツに死体をのせて、東京の現場まで運び、火をつけていますから、姫路から、七時間はかかっている筈です。そのあと、彼女は、タクシーを拾ったか、或いは、夜明けまで待って、新幹線で帰ったと思うので、その時間も必要なわけです。往復で、十四時間。そのアリバイがあるかどうか、調べてみようじゃありませんか」

と、亀井は、いった。

「わかった。そのアリバイを、調べてみよう」

と、十津川は、肯いた。

「本多あかりは、他に、どんなことを、話していたんですか？　警部は、しきりに、肯いていらっしゃいましたが」

「自分を、どうして、千姫の子孫と思っているかについて、話していた」

と、十津川は、いった。

「どんな理由を、いっていたんですか？」

「一つのお伽話を話してくれたよ」

十津川は、本多あかりが口にした話を、亀井に、伝えた。

「秀頼の子ですか」

と、亀井は、眉をひそめた。

「本多あかり本人が、お伽話だといっていたよ」

「私には、妄想としか思えませんがね」

「妄想か」

「そうです。自分は、千姫の子孫だという妄想の中に生きているんですよ」

と、亀井は、いった。

「だが、美しい」

と、十津川は、いった。

「それは、認めます」

「気品もある」

「ええ」

「四百年たった今、誰が千姫の子孫かわからない。そんな時、一番美しく、一番気品のある女性が自ら、千姫の子孫と自任することが、許されるんじゃないかね」

と、十津川は、いった。

「警部は、そう考えておられるんですか」

「甘いかな」

十津川は、ちょっと、照れたような表情になった。

「少し甘いと思います」

「だがね。本多あかりと、向い合って話していると、そんな気分になってくるんだよ」

と、十津川は、いった。

第二章　殺せ千姫

1

遠くに、ライトアップされた姫路城が見える。

白鷺に例(たと)えられるその姿は、春のおぼろ月夜の中で見るのが、一番夢幻的だ。

だが、男は、その夜景を楽しむ余裕を失っていた。

車の中は、暗い。その暗い中で、男は女の身体を抱き寄せ、手を着物の脇の下から、潜り込ませようとする。

女が身体の力を抜いたので、やっと男の手が入った。男の指先がじゅばんをかき分けて、豊かな乳房に辿(たど)りつく。

暗い車内灯の中で、女がかすかに、微笑した。

男は、それで許されたと思い、指先に力を籠め、唇を近づけた。
むせるような女の匂い。
その時、ふいに、男は自分ののどに、冷たいものが触れるのを感じた。
男の顔色が変る。
女は、微笑したまま、手を小さく動かした。
男ののどに触れていた短刀の刃がかすかに動いて、細い糸のような血の線が生れた。
血は、殆ど出なかった。
男が、何か叫ぶ。しかし、それは声にならなかった。
女が、そっと男の身体を押し倒す。
その瞬間、男ののどが、ぱっくりと口を開け、どっと、血が噴き出した。
女は、車の外に出た。
軽く着付けを正し、歩き出した。その顔はかすかに、ほの白かった。

＊

夜が明けて、午前六時近くなってやっと、近くを散歩する老人が車の中で死んでいる男を発見して、一一〇番した。

場所は、姫路城の西を流れる夢前川のほとりである。

近くを、ＪＲ山陽新幹線が走り、姫路バイパスも通っているのだが、ここは、エア・ポケットに入ったみたいに、ひっそりとしている。

兵庫県警捜査一課の森田警部は、部下の小原刑事と共に、パトカーで駈けつけた。

鑑識の車も同行している。

森田は、車の周囲に張られたロープをくぐって入ると、

「東京ナンバーか」

と、呟いた。

「多分、観光客じゃありませんか」

と、小原が、いう。

車は、シルバーメタリックのベンツＳ６００である。

そのリア・シートだった。

四十代に見える男が、仰向けに、死んでいる。高そうな背広と、ピンクのワイシャツ。

ワイシャツも、背広も、血に染っていた。

男ののどが、切り裂かれて、ぱっくりと口を開けている。

「この調子だと犯人も、しっかりと返り血を浴びているんじゃありませんか」

と、小原が、いう。

だが、森田は首を横にふって、

「この切り口を見ろよ。すごく鋭利な刃物で、いっきに、のどを切っている。切った瞬間は、殆ど血は、出なかったんじゃないかな。そのあと、切り口が、ぱっくり開いて、どっと血が噴出したんだ。犯人は、すっと、切っておいて、突き放して逃げていれば、殆ど返り血を浴びてないんじゃないか」

「なるほど」

と、小原は、肯いてから、

「それにしても、いい匂いがしていますね。香水の匂いですかね」

「いや、香水じゃないな」

「香水じゃないとすると――」

「多分、匂い袋だよ」

と、森田は、いった。

殺された男の死体は、車の外に、運び出された。

刑事たちが、所持品を調べる。

運転免許証と名刺
三十二万円入りの財布
キーホルダー
ピアジェの腕時計
二百万のピン札の入った封筒
蛇の彫刻をした金の指輪

免許証にあったのは、「高橋圭一郎」という名前だった。年齢は、四十八歳。
住所は東京都新宿区北新宿Ｆスカイコーポ１８０５号
名刺の肩書には、こうあった。
〈ＴＫ興業取締役社長　高橋圭一郎〉
名刺の裏を見ると、東京の新宿歌舞伎町など三ヵ所のビルに店があると書かれている。
「金があるんですね」

小原が、羨やましげに、いった。

「合計二百三十二万円か」

「物盗り目的の犯行じゃありませんね」

「それは、わかっている」

と、森田は、いった。

鑑識が、車内の写真を撮り、指紋を採取している。

死体は、司法解剖のために運ばれて行った。

その日、陽が落ちてから捜査本部に、警視庁の十津川警部が、亀井刑事を連れて顔を出した。

「偶然、事件のことを聞きまして、伺いました」

と、十津川は、森田に、いった。

十津川は、東京で起きた殺人事件のことを話した。

「白石という男は、この姫路で、本多あかりという女性に会ったと思われるのです。本人は、会っていないといっていますが」

「本多あかりというのは、どういう女ですか？」

「自分では、千姫の末裔だといっています。テレビに出て千姫の打かけを売りたいといい、白石は、その打かけを欲しがっていた男なんです」

「大変な美人です」

と、亀井が、いい添えた。

「高橋という男も、東京からその本多あかりに、会いに来たのではないかということですか？」

「そうです。二百万という金は、千姫の使った打かけを購入しようとした金ではないかと。テレビで、鑑定人は、五十万円と、評価したんですが、欲しい人なら、二百万円出しても買いたいと思うでしょうから」

と、十津川は、いった。

「しかし、二百万円は奪われていないんですよ。もし、打かけをエサに、その本多あかりという女が、高橋圭一郎をおびき出したのだとしたら、二百万円を奪ったんじゃありませんかね？」

森田が、きく。

「そうですね。そこが、私にも不可解です」

と、十津川は、正直にいった。

「とにかく、私も、千姫の子孫という女性に会ってみたいと思います」

と、森田は、いった。

十津川が、それに同意し、三人で会いに行くことになった。

前に会ったことがあるので、十津川が彼女に電話をかけた。

彼女の返事は、自宅においで下さいというものだった。

三人は、森田の運転するパトカーで、彼女の自宅に向った。

彼女の自宅は、外濠傍のノコギリ横丁近くにあった。古い家屋を改造したものだった。

門を入ると、敷石伝いの道が、玄関に導いてくれる。

十津川が、案内を乞うと、二十歳くらいの和服姿の女性が、玄関の戸を開けてくれた。

「あかりさんが、お待ちになっています」

と、いう。

奥の、庭に面した部屋に通された。

庭の灯籠には、灯が点いていて、その明りが、白い桜の花を、浮きあがらせていた。

案内した女性が、お茶を出す。

そのあとで、あかりが現われた。今夜は、紫無地の着物に、これも無地の帯をしめていた。

「兵庫県警の森田といいます」

と、森田は自己紹介し、

「なるほど、千姫のご子孫といわれるだけの美しさが、おありになる」

と、妙に固い語調で、いった。

あかりは微笑して、

「ありがとうございます。今日は、何のご用でしょう？」

十津川は、ちらりと、森田に眼をやった。

森田が、事件のことを話すと思ったからだが、彼は黙ってしまっている。

仕方がないので、十津川が、

「今日、いや正確にいえば昨夜、市内で殺人事件が起きたんですよ。東京の中年の男が、自分の車の中で殺されていたんです。その捜査を、森田警部がやっているんです」

と、いい、森田が、肯いた。

あかりは、じっと、十津川を見、森田を見て、

「その事件と、私が関係していると、お思いなんでしょうか？」

「もちろん、そんなことは、考えておりません」

と、森田が、あわてていった。

「でも、私に、何かお聞きになりたいんでしょう？」

「実は、殺された男は二百万円の現金を持っていたんですよ」

と、亀井が、いった。

「それが、何か？」

「ひょっとして、あなたが持っている千姫の打かけを買いに、わざわざ東京から来たんじゃないかと、思いましてね」

「その方、何とおっしゃいましたかしら？」

「東京の高橋圭一郎です。年齢は、四十八歳です」

「申しわけありませんけど、高橋圭一郎という方には、お会いしていません。電話もありませんでした」

と、あかりは、いった。

「何人か、打かけのことで、訪ねて来た人がいたといわれましたね？」

十津川が、いった。

「ええ。昨日も、お一人、東京の方が、お見えになりました」

「その人の名前を教えて頂けませんか」

「お疑いなんですか？」

「そうじゃありませんが、東京で亡くなった白石という人にも、今度の高橋という人にも、お会いになっていないというので――」

「ゆみさん」

と、あかりは、さっきの女を呼んで、一枚の名刺を持って来させた。

「この方で、今日は、市内のホテルＰに、お泊りになっている筈ですから、話をお聞きになって下さい」

と、あかりは、名刺を、十津川に渡した。

〈久保田　実　東京都渋谷区神宮前
神宮前ハウス８０２号〉

と、あった。

「それで、千姫の打かけは、もうお売りになったんですか？」

と、十津川は、きいた。

「いいえ。私は、売るつもりで、テレビに出したんじゃありませんから」

と、あかりは、いった。

外へ出たところで、十津川が、森田に、

「私たちは、今夜は、ホテルPに泊ろうと思いますが」

「じゃあ、ホテルの前まで送りましょう」

と、森田は、いった。

「久保田という男に、お会いになりますか？」

「いや、そろそろ、司法解剖の結果が出たと思うので署へ戻ります」

と、森田は、いった。

その言葉通り、二人をホテルPへ送ると、すぐ帰って行った。

十津川たちは、フロントで、チェック・インの手続きをしたあと、すぐには部屋に入らず、係員に、久保田実という客が泊っていたら、ロビーへおりてくるように伝えてくれ、といった。

2

二人は、ロビーのティ・ルームで、待つことにした。

コーヒーを頼んだあと、亀井が、笑いながら、

「あの森田という警部さん、ちょっと、おかしかったですね」

「そうだったかな」

「本多あかりに、ぐらっと来てしまったんじゃありませんか。若いから、仕方がありませんが」

「若いといっても、三十五、六にはなっているだろう」

「それでも、私らに比べれば、若いですよ」

と、亀井が、いった。

フロント係が、六十歳くらいの男を案内して来て、

「久保田さまです」

と、二人に、紹介した。

十津川と亀井は、刑事とはいわず、名前だけを告げて、

「実は、私たちは、千姫の打かけを欲しいと思って、今日、本多あかりさんに会ったんですが、久保田さんは、昨日、会われたそうですね？」

「そうなんですよ」

と、久保田は、膝(ひざ)を乗り出して、

「私は、骨董趣味がありましてね。テレビで見て、どうしても千姫の打かけが欲しくて、

昨日、本多あかりさんにお会いしたんですよ」

「それで、商談の方は、どうなりました？」

「私としては、百五十万しか用意できませんでね、駄目でした。売りたくないと、いわれました」

「私たちも同じです。断わられました」

と、十津川は、いい、久保田のコーヒーを注文した。

「そうですか。私の前に京都の女の人が来てましたよ。何でも、着物の研究家とかで、ぜひ、安土・桃山時代の打かけが欲しいと、五百万円を提示してましたよ。それでも、断わられていましたから、私が、百五十万円出しても、断わられるのは、当然なんでしょうが」

「本多あかりさんを、どう思います？」

と、亀井が、きいた。

「テレビより実物の方が、はるかに美しかったですよ」

久保田は、ニコニコして、運ばれて来たコーヒーを口に運んでいる。

「本当に、千姫の子孫だと思いますか？」

と、十津川が、きいた。

「ええ。思いましたよ」

「しかし、証拠はありませんよ」

十津川が、いうと、久保田は、小さく首を振って、

「いいじゃありませんか。あれだけの美人は、そうはいませんよ。それに、現代の女性が失ってしまった品というものがある。いかにも、将軍家の息女という感じじゃありませんか」

と、いった。

「これから、どうされるんですか？」

亀井が、きいた。

「久しぶりに姫路へ来たので、明日一日、ゆっくり市内見物をして、帰りますよ」

と、久保田は、いった。

「京都の女性のことですが」

と、十津川が、いった。

「ええ」

「五百万円を提示したというのは、本当ですか？」

「本当ですよ。五百万の銀行小切手を持っていましたから」

「本多あかりは、なぜ、五百万出しても、首をタテにふらなかったんですかね？　テレビ

で自分では、一千万の価値があるといってはいましたが」

「私には、千姫のものだから手放したくないんだと、いっていましたよ」

「しかし、それならなぜ彼女は、テレビの開運鑑定団に、あの打かけを持って行ったんですかね？」

「それは、どの位の値打ちのものか、鑑定して貰いたかったんでしょう。その気持もわかるんですよ。私も、手に入れた骨董が、本当はどれだけの値打ちか、知りたいと思いますからねえ」

と、久保田は、いった。

「久保田さんは、車で来られたんですか？」

十津川が、きいた。

久保田は、笑って、

「この年になると、東京から、七時間も八時間も、車を飛ばしてくるのは大変ですよ。若い時なら別でしょうが、今は新幹線です。ああ、例の京都の女性は、自分で、スポーツカーを運転して来たといってましたよ。五十五歳だそうですが、元気な方でした」

と、いった。

3

翌日、朝食をすませると、十津川と亀井は、帰京する前に、もう一度、森田警部に会いに行った。

捜査本部に入って行くと、森田の机の上に、千姫関係の参考書が置かれていた。

森田は、十津川たちが入って来ると、それを、あわてて隠して、

「今日は、何の用ですか？」

と、怒ったような声で、きいた。

「殺された高橋圭一郎の司法解剖の結果が、出たんじゃないかと思いましてね」

十津川が、いうと、森田は「ああ」と肯いた。

「ここに、調書があります。司法解剖の結果も記入されていますから、コピーしましょう」

と、いってくれた。

そのコピーには、死体の傷口の写真のコピーもついていた。

十津川と亀井はそれを持って、ＪＲ姫路駅構内のカフェテリアで、検討することにした。

まず、調書の方を読む。

〈四月二十三日午前五時五十分頃、夢前川の川岸で、シルバーメタリックのベンツS600のリア・シートで中年の男が、殺されているのを、朝の散歩に来た鈴木清一郎（六十五歳）が発見して、一一〇番した。

県警捜査一課の森田班が、この事件を捜査することになった。

殺されていたのは、東京都新宿区北新宿の高橋圭一郎（四十八歳）で、新宿など東京の盛り場三ヵ所に風俗店を持っている。

高橋の所持品は、運転免許証（車も彼の所有である）、三十二万円入りの財布、特に興味深いのは、内ポケットに二百万円入りの封筒が、入っていたことである。

これによって、二つのことが推定される。高橋圭一郎が何かの商売のために姫路へ来たらしいことと、この殺人が物盗り目的ではないということである。高橋圭一郎は、のどを鋭利な刃物で切り裂かれたと思われる。発見時は、多量の血が噴出していたが、被害者は仰向けに倒れて、のけぞった形になっていたので、犯人は、被害者ののどを掻き切ったあと、相手の身体を突き放したと思われる。

その瞬間、傷口が大きく開き、どっと血があふれたとすると、犯人は殆ど返り血は浴びていないと考えざるを得ない。

車内には、甘い香りが残っており、この香りは香水のそれではなく、匂い袋のそれではないかと思われる。

被害者に、殆ど抵抗した形跡はない。そのことと、匂い袋の香りから、犯人は女性の可能性がある。〉

〈司法解剖の報告
死亡推定時刻は、四月二十二日の午後十時から十一時である。
死因は、鋭利な刃物によってのどを水平に切り裂かれたことによるショック死、あるいは、失血死と考えられる。
使われた刃物は、切り口から考えて、カミソリよりも厚い刃だが、市販のサバイバルナイフとは、考えにくい。〉

その傷口の写真や、発見された時のベンツの車内などの写真も添えられていた。

「匂い袋か」

と、十津川が、呟やいた。

「警部が、何を考えておられるかわかりますよ」

亀井が、いう。

「兇器は、短刀かな。犯人が女なら懐剣だ」

「やはり、本多あかりを、考えておられるんでしょう」

と、亀井が、いった。

「今のところ、彼女しかいないんだが、彼女には肝心の動機がないよ」

と、十津川は、いった。

「千姫の打かけは、動機になりませんか？」

「どんな風にだね？」

「開運鑑定団のテレビ放送を見て、千姫の打かけを欲しいとやって来て、その商談がもめてということは考えられませんか？」

「それで、殺したというのか？」

「そうです」

「一応、考えられるがね。しかし、二百万の札束は、奪われていないんだ。それに、千姫の打かけ自体が、ホンモノかどうかわからないんだ。鑑定団も、ホンモノとは断定できないから、五十万円の評価をしているんだろう」

「では、こういう推理はどうでしょう？　東京で焼殺された白石も、姫路で殺された高橋も男です。しかも、中年の」

と、亀井は、いった。

「だから？」

「二人とも、打かけなんかどうでも良かったんじゃないですか。二人とも、本多あかり本人を目当てに、姫路へやって来た。高橋の持っていた二百万円にしても、打かけの代金という、いわば、話のとっかかりのつもりで持って来たんじゃありませんか。白石は、とにかく、手に入れたいものは、絶対に手に入れるという男です。二人は、実際に本多あかりに会って、その美しさに、より一層心をひかれ、ものにしたくなった。そこで、自分の車に連れ込んだが、逆に殺されてしまったということは考えられませんか？」

と、亀井は、いう。

「なるほどね」

「白石と、高橋は、自分の車で姫路へやって来て、本多あかりを車に誘い込んだ結果、こんなことになったと見ていいんじゃありませんか。一昨日、本多あかりを訪ねた東京の久保田という男は、車でなく、新幹線で来たので、彼女を、車に誘い込むことがなく、それで殺されなかった。京都からスポーツカーでやって来たのは、女だから、問題を起こさずにすんだ。これで、一応、理屈は、通っているんじゃありませんか」

と、亀井は、いった。

「しかし、二人とも、本多あかりを車に連れ込んで、乱暴しようとして、反対に殺されたというのは、少し極端じゃないかね」

「それだけ、本多あかりという女が、魅力的だということですよ。警部だって、いい女だと思われたでしょう？」

「ああ。確かに、魅力があることは、認めるよ」

「白石は、大金を持って行ったと思われますし、高橋は、二百万円の札束を持っていました。札束を見せれば、本多あかりをものに出来ると思っていたんじゃありませんか。中年のいやらしさですよ」

「しかし、高橋の身体には、抵抗した形跡はなかったといっている」

「それは、本多あかりのしたたかさじゃありませんか。いいなりになると見せかけて、高橋を油断させておいて、いきなり懐剣で、相手ののどを一文字に切り裂いたんですよ」

「油断を見すましてか」

「そうです。あの本多あかりにほほえまれたら、どんな男でも油断するんじゃありませんか」

と、亀井は、いった。

「確かに、その辺は、君のいう通りだが」

十津川は、本多あかりの顔を思い浮べていた。

確かに、彼女は美しい。それも、ただの美しさではなく、気品のある美しさだ。男にとって、あの女の美しさは、めちゃめちゃにして、征服したいという気持にさせるのは、確かなのだが。

「しかしだねえ。君の推理に従えば、まず、東京の白石が車で姫路にやって来て、大金を見せて、車の中で本多あかりに乱暴しようとして、逆に殺されたことになるんだろう？」

と、十津川は、いった。

「そうです。殺したあと、本多あかりは自分との関係に気づかれるのを恐れて、わざわざ東京まで車ごと運んで行って、焼却したんだと見てます」

「だとすると、本多あかりは、なぜ、また、高橋に誘われて、彼の車に乗ってしまったんだろう？　白石で、懲りているのにだよ。本多あかりは、バカじゃない。聡明な女性だと思うのにだ」

「確かに、そこはおかしいですね」

といって、亀井は、しばらく考えていたが、

「まさか、例の吉田御殿じゃないと思いますが」

と、笑った。

「何のことだ？」

「吉田御殿というのが、あったじゃありませんか。三十歳で未亡人になった千姫は、若さを持て余し、下を通る若者を、自分の住んでいる吉田御殿に呼んで、相手をさせ、そのあげくに、秘密を守るために殺したという話です。この話自体は、作られたものだと思っていますが、ひょっとして、本多あかりが、狂気に支配されていて、自分に近づいてくる男たちを、気のある素ぶりで、ほんろうし、最後に殺しているのではないか。そんなバカバカしいことを考えたんですが」

「確かに、面白いが、バカバカしくもある」

と、十津川は、笑った。

「そうでしょうね。正直にいうと、私は——」

「正気の、あの美女が、人殺しだとか、考えたくないんだろう？」

と、十津川は、いった。

「そうなんです。男ってだらしがないものですね。美しく、聡明そうな女性を見ると、それだけで、悪いことなんかしないと思ってしまう。いや、思いたくなってしまう。それでも疑いが濃くなってくると、狂気のせいだと考えたくなる」

「いいじゃないか、カメさんは、それだけ優しいんだよ」

と、十津川は、いった。

「これからどうしますか？　東京に戻って、殺された高橋圭一郎のことを調べますか？　それとも、姫路に残って、本多あかりについて調べますか？」

「両方やろう。私は責任者として東京に戻って、三上本部長に、ここでわかったことを報告する。カメさんは、ここに残って、彼女のことを調べてくれ」

と、十津川は、いった。

姫路駅で別れて、十津川だけが、東京に戻った。

三上本部長に、姫路で起きた殺人事件のことを、報告した。

「確証はありませんが、われわれが捜査している白石真一の事件に繋がりがあるような気がするのです」

と、十津川は、いった。

「つまり、千姫の打かけのことか？」

三上が、きく。

「そうです。白石も、千姫の打かけを買いに、姫路へ行ったと思われているのですが、高橋圭一郎も、同じなのです。二百万円を持って、打かけを買いに行ったのではないかと」

「では、犯人は、本多あかりなのか？」

「証拠はありませんが、臭います」

「彼女自身は、どういってるんだ？」

「会ったことのない人だといっています」

「兵庫県警は、どう考えているんだ？」

と、三上は、きく。

ふと、十津川は、若い森田警部の顔を思い出した。

「県警は、多分、本多あかりには、人殺しなんか出来るわけはないと、思っていると思います」

と、十津川は、いった。

その直後に、開運鑑定団の番組を作っている「オリエント」の青木から電話が入った。

「先日は、いろいろとお世話になりました」

と、青木は、愛想良くいってから、

「ちょっと、十津川さんにご相談したいことがあるんです」

「いいですが、何ですか？」

「電話では何ですので、そちらに伺います」

と、青木は、いった。

一時間ほどして、青木は、バイクを飛ばしてやって来た。

「ちょっと、急ぐことなんですよ」

と、青木は、いった。

「まあ、落ち着いて、話して下さい」

十津川は、彼にコーヒーをすすめ、自分は、煙草に火をつけた。

「煙草は、身体に悪いんじゃありませんか」

と、青木が、いう。十津川は、笑って、

「わかっているんですが、青木さんの話が、難しそうなことらしいので、ね」

「そんな顔をしていますか？」

「していますよ」

「実は、例の千姫のことなんです」

「やっぱりね」

「あの放送のあと、沢山（たくさん）の視聴者の方から、手紙や、電話を頂きましてね。あの美人を、もう一度見たいとか、本当に千姫の子孫なのかとか、今までにない反響なんですよ」

「なるほど」

「それで、もう一度、ぜひ彼女に、出て貰おうという話になったんです」

「視聴率が、とれますからね」

「ええ。それに、彼女が、打かけの他に千姫の何かを持っていれば、それを番組に提供して貰おうかとも考えましてね」

　と、青木は、いった。

「それで、彼女の承諾は、取ってあるんですか？」

　と、十津川は、きいた。

「いや、まだです。その前に、十津川さんに、話を聞こうと思いましてね」

「私に？」

「ええ。姫路で、東京の男が、殺されたそうじゃありませんか。昨日、十津川さんは、姫路にいらっしゃったと聞きましたよ」

「その通りです」

「殺された男性は、二百万円の現金を持っていたので、あの打かけを買いに行ったと思われているという話も聞きました」

「なるほど」

「十津川さんは、東京で殺された白石真一という人も、ボクたちの番組を見て、姫路へ、打かけを買いに行ったと思われているんでしょう？」

「正直にいうと、そう思っています」

「とすると、十津川さんは、本多あかりさんを、二つの殺人事件について、容疑者と考えているんじゃありませんか？」

「どうして、そんなことを、心配なさるんですか？」

「当然でしょう。折角、収録しても、放映できなくなったら、完全な無駄骨ですからね。殺人事件の容疑者は、テレビに出せませんよ」

と、青木は、いった。

十津川は、苦笑して、

「本多あかりさんは、容疑者じゃありませんよ」

と、いった。

「しかし、二つの殺人事件に関係ありとは、思っておられるんでしょう？」

「いろいろな意味では、関係があるとは思っていますが、このことは申し上げておきたい。だからといって、彼女が、犯人かどうかということとは、別の話です」

「正直にいって欲しいんですが、十津川さんの見るところ、彼女が犯人だという確率はどのくらいなんですか？」

と、青木が、きく。

「わかりません」

「わからないじゃ、困るんですよ。収録して、放映は、うちの場合、二週間後なんです。どうなんですか？」

青木は、しつこく、きく。

「これは、私の直感ですが、今回の事件は、二週間では解決できないと思っています。彼女が、犯人にしろ、犯人でないにしろです」

と、十津川は、いった。

青木は、ほっとした顔になって、

「それなら、二週間後は、大丈夫ですか」

「そんなに、要望があるんですか？」

今度は、十津川が、質問した。

「あるんですよ。テレビ局の社員の中にも、もう一度彼女に会いたいという人が、いましてね」

「青木さんはどうなんですか？」

十津川が、からかい気味に、きいてみた。

「ボクだって、美人は好きですよ」

そんな答え方を青木はしたが、どうやら、プロダクション「オリエント」の中に、本多あかりのファンクラブが出来てでもいるのだろう。

青木が帰ったあと、西本が、

「本多あかりは、果して、二度目の出演をＯＫしますかねえ」

と、首をかしげた。

「君は、警察が動いているので、出演しないと思うのか？」

「それもありますが、打かけ以外に、何か、千姫関係の品物がないと、出にくいんじゃありませんか」

と、西本は、いう。

「懐剣があるよ」

十津川が、いった。

「懐剣ですか」

「ああ。彼女自身がいっていたんだ。千姫の懐剣を持っているって」

「それなら、出すものはあるわけですね」

「彼女が、その気になればね」

「しかし、本当に、千姫の懐剣なんでしょうか？」

「さあ、どうかね」

と、十津川は、いった。

彼は、それが、ホンモノかどうかということより、別のことを考えていた。

それは、懐剣について、彼女と交わした会話のことだった。


「千姫の懐剣を、一振り持っています」

「それは、お売りにならないんですか？」

「売りません」

「どうしてです？」

「いざという時に、使いますから」

「いざという時って、どんな時ですか？」

「辱(はずかし)めを受けた時ですわ。あの懐剣を使って、自刃します」


そんな会話だった。あの時、彼女はどんなつもりで、あんなことをいったのだろう？

4

翌日、十津川は、西本たちに、高橋圭一郎について、調べさせた。

その日の中に、高橋についての情報が集まった。

西本と日下は、高橋の住所である北新宿のマンションに向った。

超高層マンションで、一階は、ホテルのロビーのようになっていて、インフォメーションと書かれた所が管理人室だった。二人は管理人に玄関のドアを開けて貰って、中に入った。

その管理人は、二人に向って、

「十八階の高橋さんは、お留守ですよ。何でも、姫路で、お亡くなりになって、奥さんが遺体を引き取りに行かれたんです」

と、いった。

「奥さんの名前は？」

と、西本が、きいた。

「確か、美代子さんですよ」

「突然のことで、ショックを受けておられたでしょうね」

と、日下がいうと、なぜか、管理人は、ニヤッとして、

「それはどうですかね」

「あまり夫婦仲が良くなかったんですか？」

「あの奥さんは長いこと、ご主人の女ぐせの悪さに、苦しんでいらっしゃったようですからねえ」

と、管理人は、いった。

「そんなに、女ぐせが、悪かったんですか？」

西本がきく。

「よくご夫婦でもめてましたよ。高橋さんは、この近くのマンションに若い女性を囲っていて、その彼女が、ここに遊びに来たりしましてね。奥さんにいわせると、高橋さんのは病気だそうです」

「子供はいないんですか？」

と、日下が、きいた。

「二十歳の時に、家を出てしまった息子さんがいると聞いています。それが、お父さんと正反対の、まじめ人間だそうですよ」

と、管理人は、笑った。

「高橋さんは、新宿、渋谷、池袋の三つの盛り場に店を持っているみたいですね」

「私は、歌舞伎町の店へ、連れてって貰ったことがありますよ。かなり大きなランジェリーパブの店でした。渋谷、池袋も同じような店で、儲かってるそうですよ」

と、管理人は、いった。

「骨董の趣味があると聞いているんですが」

と、西本が、いうと、

「ああ。金にあかせて、いろいろと集めていらっしゃったのは、知っています。奥さんは、高橋さんが、そういうものに、目が利くとは、思っていなかったみたいですがね」

と、管理人は、いった。

このあと、西本と日下は、新宿歌舞伎町のランジェリーパブに行き、坂本という三十代の店長に会った。

「社長が亡くなったのは、ボクにとっても、ショックでした」

と、坂本は、いった。

「どんな社長でした？」

西本が、きいた。

「いろいろと、いわれますが、太っ腹な人ですよ。ボクは尊敬してました」

「いろいろというのは、例えば、女ぐせの悪さといったことですか？」

「そのことも、よくいわれてましたが、社長は店の女の子には、手をつけませんでしたよ。そういうところはきちんとしているんです」

「高橋さんが、姫路へ行くことは、知っていましたか？」

と、日下が、きいた。

「ええ。聞いていました」

「千姫の子孫に会いに行くと、いっていましたか？」

「いや。それは聞いていませんが、ニコニコして、姫路へ行って、本物のお姫様に会ってくるんだと、いっておられましたよ」

と、坂本はいった。

「本物のお姫様というのは、どういうことなんですかね？」

西本が、きくと、坂本は、笑って、

「うちの店が、ランジェリーパブ『クィーン』というんですよ。それで、社長は、洒落(しゃれ)ていったんじゃありませんかね」

「高橋さんの経歴は、わかりますか？」

日下がいうと、坂本は、

「いいものがあります」

と、いって、一冊の本を持ち出して来た。厚表紙の豪華本で、『自分に克つ』というタイトルで、著者名は高橋圭一郎になっていた。

「社長が、ご自分で作って、皆さんに配っているものなんです。その中に、経歴も書かれています」

と、坂本は、いった。

成功した中小企業のおやじが、ゴーストライターに頼んで、自伝めいたものを出す。そんな本の一種だろう。

西本は、そんな気がしたから、その本を受け取った。

確かに、巻末の方に、高橋の経歴が書かれていた。

二人の刑事は、その本を持って、捜査本部に帰った。

5

三田村と北条早苗は、渋谷と、池袋にある二店のランジェリーパブに行き、それぞれの店長と、その店で、ナンバー・ワンといわれるホステスに会って、話を聞いた。

特に、二人の刑事にとって、興味があったのは、池袋店の秋山という店長だった。

秋山は、四十八歳で、高橋とは、小学校から高校まで同じで、その後、ついたり離れたりしてきたという。

「いい男だよ。とにかく、仕事がなくて困っていた私をここの店長にしてくれたんだから」

「何だか、但し書つきみたいないい方ですわね」

と、早苗は、いった。

秋山は、笑って、

「いい男だが、ハッタリが多くてね。極端なことをいえば、彼の人生は、金とハッタリといっていい。それが、成功して、金持ちになったんだから、人生わからん」

「ハッタリですか」

「彼は、金が入ってから、柄にもなく、自伝を書いて、みんなに配ったんだ。私も貰ったが、すぐ捨てちまったよ」

「どうしてです？」

「それこそ、ハッタリだらけだからね。経歴にM大卒業とあるが、彼が、大学なんか出てないのは、彼の近くにいる人間はみんな知ってるんだ」

と、秋山は、いった。

「あなたは、高橋さんのことを何もかも全部、知っておられるんですか？」

三田村が、きくと、秋山は、

「全部、知っているといいたいんだが、知らないこともありますよ。私は、借金取りに追われて二年ばかり、北海道へ逃げてたことがあってね。その間の彼のことは、全く、わからんのです」

「それ、最近のことですか？」

「四年前から、二年前にかけてかな」

「じゃあ、高橋さんが、成功し始めた時ですね」

「ええ。その間に、自伝なんかも出していてね。金が入ったんで、自分を偉く見せようとしてたのかも知れんなあ」

と、いってから、秋山は、思い出し笑いをして、

「そういえば、こんなこともありましたよ。最近ですが、二百万円出して、自分の家の家系図を買ったといって、私も、見せられましたよ。それを見ると、彼の先祖は、会津藩の何とかいう城代家老の子孫だというんです。うまく出来ていたけど、うさん臭かったですね。その家系図を、売りつけた人間は、その後、それにふさわしい古道具を、彼に売りつ

けているんですよ。例えば、彼の先祖が、会津藩の池田という家老になっているとしますと、その池田家の家紋の入った馬具だとか、陣羽織を持ち込んで、売りつけていましたよ」

「なぜ、高橋さんは、そんなものを欲しがったんですかね？」

と、三田村が、きいた。

「金が出来たんで、次には、立派な家系が欲しくなったんじゃありませんかね。おれの先祖は、会津の家老の一族だったんだと威張っていましたからね」

と、秋山は、いった。

「千姫の子孫の女性に、会いに姫路に行ったのも、その流れの一つだったんでしょうか？」

早苗が、きいた。

秋山は、考えてから、

「そうだと思いますね。自分は、会津の家老の子孫で、千姫の子孫の女性、それも、美人と一緒になれれば、と思ってたんじゃありませんかね。そうなったら、今の奥さんを放り出して、何処かに、お城でも造って、そこに住む気だったと思います。そのくらいのことは、やりかねない男ですよ」

「なぜ、そんなことを考えたんでしょうか？」

と、早苗は、きいた。

「彼は子供の時に、あまり恵まれていませんでしたからね。貧乏でね。長屋暮らしで、いつか、一軒家に住みたいといってましたよ。それに、父親が、借金をして蒸発してしまったのでね。だから、子供の時から、金持ちの、家柄のいい子に、憧れていたんだと思いますよ」

と、秋山は、いった。

「じゃあ、怪しげな家系図を大金を出して買ったり、千姫の子孫に憧れるのは、子供の時のコンプレックスの裏返しですか？」

早苗が、きいた。

「そうだと思いますね」

と、秋山は、肯いた。

6

十津川は、そうした部下の報告から、一つのストーリィを作りあげていた。

一人の男がいた。

子供の時は、ずっと長屋に住んでいた。それが、どんなものかはわからないが、隣家との境は壁で、庭もないような家だろう。

彼は、そんな暮しが嫌だった。彼の夢は、金持ちで、家柄のいい家の子供になることだった。

中年になって、風俗店の経営で、儲けた。長屋脱出の夢は果たせたが、もう一つの夢、家柄のいい名家に生れる夢は果たせない。

そこで、インチキと知りながら、会津藩の城代家老の家系図を買った。

また、すすめられるままに、それにふさわしい骨董品を買いあさった。

そんな時、彼は、たまたま、テレビで、千姫の末裔だという美しく品のある美女を見た。

彼女こそ、自分の理想にふさわしい女性と思った。

そこで、二百万円を用意し、打かけを買いに来たという名目で、本多あかりに近づこうとした。

これが、十津川の考えたストーリィだった。

そのあとで、高橋が、ゴーストライターに書かせた『自分に克つ』に、眼を通してみた。

これは、ある意味で、面白かった。

〈家系図によれば、私の先祖は、会津藩の城代家老である。子供の時、自宅に、家紋のついた陣羽織や、槍、甲冑などがあって、不思議に思っていたのだが、物心つくころになって、私の家系のことを知って成程と、思った。

会津藩は、戊辰戦争の時、最後まで、徳川方について戦っている。そのため、長く賊軍の汚名を着せられたが、そうした、何としてでも、徳川の恩顧に報いようとする頑固さ、律義さが、今の私の身体に、血となって流れているのを感じるのだ。

サムライの魂である。あの白虎隊の誇りを、私は今でも持っている。損とわかっていても、約束を守って戦う。

そのせいで、私は、今までに、ずいぶん損をしてきたが、また、そのために、成功もしている。

私の家に、代々伝わる家訓というか、座右の銘は「信なくば、立たず」である。〉

そんな美辞麗句が並んでいる。

経歴も、うさん臭かった。M大を卒業したあと、パリに遊学し、中世の城を研究したとあるが、本当かどうか、わからなかった。

わかったのは「身分」ということに対する異常な拘わりだった。

十津川は、自分で秋山に会って、更にくわしく、殺された高橋について、聞いてみることにした。

「高橋さんが、なぜ、それほど、身分みたいなものに拘わるのか、不思議なんですが」

と、十津川がいうと、秋山は、

「それは、多分、小学生時代の暗い思い出が、ずっと残っているからだと思いますね」

と、いった。

「生活が、貧しかったからですか？」

「いや、それだけなら、金持ちになることで、消えますよ」

「じゃあ、何ですか？」

「小学生の頃、近くに、有名校があったんですよ。小・中・高から大学まで、一貫教育をする、いわば、お坊ちゃん学校ですよ。その小学校に、美しい女生徒がいましてね。同じ小学五年くらいだったかな。いかにも、上流家庭のお嬢さんという感じでね。高橋は、その女の子が好きになっちゃったんですよ。止めとけといいました。何しろ、毎日、運転手つきの高級車に乗ってくるんですから。それでも高橋は、その学校の校門で、待ち伏せしたんです。彼女が出て来て、高橋が、近づいて行って、声をかけたんです」

「それで、どうなりました？」

と、十津川は、きいた。

「その女の子は、ふり向きましたが、あんな小さな子供でも、あんな軽蔑した眼が、出来るんですね。子供心にも、ぞっとしましたよ。その上、運転手が、飛んで来て、高橋は思い切り殴り飛ばされましたよ。鼻血で、真っ赤になりましてね」

「それが、ずっと、記憶に残っているというわけですか？」

と、十津川は、きいた。

「ええ。ずっと、残っていたと思いますよ」

「それが、今では死語になっている『身分』に対する異常な拘わりになっていたというわけですか」

「ええ。だから、インチキな家系図を、大金を出して買ったりするんですよ」

「家柄に対する憧れですか」

「ええ。ただ、高橋は、憧れながら、同時に、憎んでもいたんだと思います」

「例えば、どんなことですか？」

と、十津川は、きいた。

「自分がオーナーになっているランジェリーパブのホステスには、手をつけないんですよ」

「そうらしいですね」

「ただ、たまに、ホステス志願者の中に、昔は資産家で、家柄も良くて、お嬢さんとして育てられたが、家業が失敗して、働くことになったという娘さんがいることがあるんです。それがわかると、高橋は、金と、腕力で、その娘さんを征服して喜ぶんです。サディスティックな喜びというやつですよ」

と、秋山は、いった。

「それが、小学生の時の苦い記憶とつながっているわけですか？」

「そうだと思いますよ。つまり、トラウマとなって、残っているということじゃないかと思いますがね」

と、秋山は、いった。

秋山と別れて、捜査本部に戻ると、青木から、電話が入っていた。

掛け直すと、青木が嬉しそうに、

「決まりましたよ！」

と、いう。

「本多あかりのテレビ出演が、決まったんですか？」

「そうです。意外にすんなりと、出演を受諾して貰えました。万歳です」

「それで、本多あかりは、今度は何を鑑定に出すと、いっているんですか？」

と、十津川は、きいた。

「懐剣ですよ」

「やっぱり懐剣ですか」

「千姫が、大坂城落城の時に、身につけていた懐剣だそうです」

「なるほど」

「父の徳川秀忠が、千姫が豊臣秀頼に嫁ぐ時に持たせたもので、落城の時も、持っていたものだと、彼女はいっています」

と、青木は、いった。

「それを信じているんですか？　青木さんは」

「半信半疑ですが、楽しいじゃありませんか」

と、青木は、いった。

「楽しいですか」

「実は、鑑定団の先生の中にも、彼女のファンがいるんですよ。その先生方も、彼女と再会することを、楽しみにしているんです」

「放映されたら、また、千姫の懐剣を買いたいという人が、沢山出てくるんじゃありませんか」

と、十津川は、いった。

「出て来て欲しいですよ。それだけあの番組が、見られている証になりますからね」

「しかしね、そんな風に、気軽く楽しめるか——」

と、十津川が、いうと、

「ああ、十津川さんは、殺人事件のことを、心配していらっしゃるんでしょう？」

「まあ、そうです」

「確かに、千姫の打かけを欲しがったと思われる人が、二人、殺されましたが、それが、あのテレビのせいで起きたという証拠はないんでしょう？」

と、青木が、きく。

「確かに、証拠はありませんがね」

「じゃあ、うちは、千姫の懐剣を放映しますよ。駄目なら、駄目といって下さい」

と、青木は、いった。

「そんなことは、いいませんよ。放映するかどうかは、そちらの自由です」

と、十津川は、いった。

「それを聞いて、ほっとしましたよ。十津川さんにも、喜んで貰いたいですからね」

「前の時と同じように、本多あかりさんが、東京のスタジオに来るんですね？」

「そうです」

「問題の懐剣を持ってですか？　それとも、懐剣は、別に、東京に送るんですか？」

「彼女が、自分で、持参してくることになっています」

「ひとりで来るのかな？」

「なぜです？」

「もし、名刀だったら、不用心じゃないかと、思いましてね」

「ボクが、姫路まで、迎えに行くことになっています」

と、青木は、いった。

第三章　涙せよ千姫

1

二回目の放映があったのは、五月二十八日である。

火曜日の午後九時に始まるこの番組は、最初の頃は、骨董(こっとう)趣味の人たちに人気があったが、今は一般の視聴者のファンも、増えていた。

この番組の面白さは、意外性にあるだろう。ただの古い茶碗と思っていたものに三百万円の鑑定がついたり、逆に、円山応挙(まるやまおうきょ)の絵と信じて百万円で買い、意気揚々とこのテレビ番組に持ち込み、五百万円はすると思うと意気込んだが、ただの複製で、三万円と鑑定されたりする面白さである。

十津川は、五月二十八日の放映に、本多あかりが出ると聞いて、注目したのである。

新聞のテレビ案内にも、紹介されていた。

〈再び、あの千姫の子孫が登場。

その真相は？〉

と、いった言葉が、躍っていた。

本多あかりは、二人目として、登場した。

相変らず、美しく、気品がある。美しさというのは、ある程度、努力によって輝やくものだろうが、気品というのは、生れつきのものではないかと、十津川は思っている。

何年も前、二人の男を殺した女がいた。凶悪犯なのに、中年の彼女には、不思議な気品があった。

司会の一人、東野は、ニコニコしながら、

「千姫の本多あかりさんです」

と、いい、

「あの鑑定団の先生を見て下さい。男の先生たちは、全員、ニコニコしています。うちの先生たちは、とにかく、美人に弱いんだから」

と、からかう。

笑っている男性鑑定家の顔が、テレビ画面に映る。

もう一人の司会者井上が、まじめな顔で、

「今日、お持ち頂いたものは、何でしょう？」

ときく。

今日も、無地の着物姿のあかりは、

「千姫の懐剣です」

と、いう。

それは、全長三十センチ足らずの短刀で、鞘(さや)の金地の上に、葵(あおい)の紋が彫られていた。

華美とはいえないが、気品のある造りだった。

「これは、どういう由来のものですか？」

井上が、丁寧にきく。

「私の家に代々、伝えられたもので、千姫が、実父の秀忠から贈られ、大坂城落城のとき、この懐剣で自害しようとしたと、聞いています」

あかりは、落ち着いて、いった。

今日は、あかりが、千姫の懐剣を持ち込むというので、刀剣専門の鑑定家の重野(しげの)が、来ていた。

重野は、促されて、中央に進み、懐紙をくわえて、問題の懐剣を取りあげた。

まず、造りを見てから、目釘を外し、柄の部分を、抜き取って、銘を見ていた。

かなり、長い時間、見てから、鞘におさめ、一礼して、席に戻って行った。

「さて、いくらにしましょうか？」

と、東野が、あかりを見る。

「そうですね。私は、千姫の懐剣と信じていますが、無銘なので――」

「そういえば、銘がありませんでしたね」

「それで、百万円という値を付けさせて頂きます」

と、あかりは、いった。

「では、いくらの評価になるか」

井上が、いい、値段が、表示される。

出た数字は、２０００００００だった。

「え？　二百万円？」

と、東野は、眼をむいて見せ、

「これ、無銘ですよ」

「大変悩みました」

と、重野は、いった。

「無銘ですが、非常に気品があります。美しさと同時に、武器としても秀れたもので、有名な五郎入道正宗のものに、似ています」

「無銘でもですか？」

「現在、正宗ものとして、国宝になっている短刀も、銘がなく、無銘伝正宗と呼ばれているんです。長さに比べて幅が広いので、庖丁正宗といわれるのですが、それに良く似ています」

「正宗で、無銘というのは多いんですか？」

井上が、きいた。

「多いですよ。正宗という人は、自信過剰の人でしてね。自分の作る刀は、銘なんかなくても、その素晴しさで、誰が見ても、すぐ、正宗の刀だとわかるといっているんですよ。他にも理由があって、当時の刀工は、市販するために刀を作っているのではなくて、将軍家などに、召し抱えられていて、頼まれて、刀を作っていたんです。だから、銘を切る必要がなかったんです。他の人の手に渡ることは、なかったですから。その人が持っている限り、正宗なら正宗とわかりますから。それで本庄正宗とか、尾張家の不動正宗、御所に納められた京極正宗とか、沢山あります」

「では、この短刀も正宗ですか？」

「かなり可能性はありますが、断定は出来ないんですよ。正宗が有名になると、正宗の作風が、全国的になって、いわゆる正宗十哲といわれるようになったんです。中でも貞宗が有名で、もっともよく似た刀を作っていて、しかも無銘です」

「貞宗ということも考えられるんですか？」

「そうです。貞宗でも、大変なものですよ」

と、重野は、いった。

「千姫の懐剣だったというのは、どうですか？」

井上が、きいた。

重野は、苦笑して、

「私は、歴史家ではないので、その点はわかりません。正宗にしても貞宗にしても、年代的には合っています。千姫より古いんですから」

と、いった。

「本多あかりさんに、お聞きしますが、その懐剣はお売りになりますか？」

東野が、きいた。

あかりは、きっぱりと、

「私の宝物ですから、絶対に手放したくありません」

「しかし、絶対になんていわれると、余計、欲しがる人が出るんじゃありませんか？」

「それでも、手放しません」

と、あかりは、いった。

2

翌々日、十津川と亀井は、このテレビ番組の話をした。

「千姫正宗ですよ。警部」

と、亀井は、いった。

「千姫正宗って、何だい？」

「正宗は無銘のものが多くて、本庄正宗とか、不動正宗とか、名前がついていると、刀剣の鑑定家がいっていたじゃありませんか。その伝でいえば千姫が持っていた正宗だから、千姫正宗ですよ。これは、欲しがる人間が沢山出ますよ」

と、亀井は、いう。

「困ったものだな」

十津川が、小さく、溜息をついた。

「また、殺人が、起きますかね」

「あの番組を収録したのは、十日前の五月十八日だから、本多あかりは、もう姫路に帰っている筈だが」

と、いった。

それなら、殺人が起きるのは、東京ではなく姫路だろうという気があったからである。

十津川は、プロダクション「オリエント」の青木に電話をかけた。

「見ましたよ」

と、十津川が、いうと、青木は、嬉しそうに声をはずませて、

「反応がすごいんです。視聴率も高かったですしね」

「千姫の懐剣ですが、欲しいという人が沢山出てくるんじゃありませんか？」

「そうなんですよ。一昨日の放映が終った直後から、テレビ局には、何とかあの懐剣が手に入らないかという電話が、かかって来ているそうです」

「それで、どう対応しているんですか？」

「一応、持主の本多あかりさんが売る気はないと、いっていると伝えているんですが、こ

ういう収集家というのは、欲しいとなると夢中になってしまいますからねえ。最終的には、個人的に本多あかりさんにかけ合ってみて下さいと、いうことにしています」

と、青木は、いった。

「本多あかりさんの住所や、電話番号を教えているんですか？」

「いえ。前のことがあるので、一切、教えていませんが、何しろ、姫路の本多あかりさんと本名で出演して頂いていますのでね。姫路の電話帳に出ているんですよ」

と、青木は、いった。

電話をすませると、十津川は、

「不安になってきた」

と、亀井に、いった。

「すでに、二人の人間が、殺されていますからね」

「カメさんは、その殺人に、本多あかりが関係していると思うかね？」

「わかりませんが、あのテレビ番組での、本多あかりの一回目の出演以後に起きたことは確かです。それに、千姫の打かけがからんでいるような気もしています」

と、亀井は、いった。

「それにも拘(かかわ)らず、本多あかりは懐剣を持って、あのテレビ番組に出演した。どういう気持で出たんだと思うね？」

　十津川が、きく。

「そうですねえ。単純に、テレビに出るのが楽しいのか」

「しかし、私が見るところでは、本多あかりという女は、そんな単純な人間には見えないがね」

「同感です。私にも、もっと、思慮深い人間に見えます」

「その彼女が、なぜ、また出演し、千姫の懐剣を持ち出したのか、いぜんとして謎が残るな」

「頭のいい女性だから、絶対に手放さないといっても、欲しがる人間が沢山でてくることは、わかっていると思いますがね」

　と、亀井も、いう。

「ナルシシズムかな」

「どういうことですか？」

「本多あかりは、自分が、千姫の子孫だということを、かたく信じているようだし、千姫の打かけも、今回の懐剣についても、ホンモノだと信じているんじゃないか」

「テレビで見る限り、信じているでしょうね」

「だから、彼女は、テレビに出演すること自体に快感を覚えているんじゃないのかね。彼女の出演で、あの番組の視聴率があがったというので、テレビ局は、当然彼女を大事にする。千姫の末裔だといっているが、怪しいじゃないかなどとはいわないし、突っ込んだ質問もしない。番組のうるさい鑑定人も、彼女の美しさの前に、ニコニコ顔だ。彼女にしてみれば、こんな居心地のいい番組はないんじゃないかね。だから、自分が出演したことで、殺人事件を誘発しても、そのために、テレビ出演という心地良いことを止める気にならんのじゃないか。つまり、自分に酔っているんじゃないかということだよ」

と、十津川は、いった。

二人の話に、若い刑事も、加わってきた。彼等も本多あかりという女に、興味を感じているからだった。

「ある女性誌が、本多あかりのことを取りあげるらしいですよ」

と、北条早苗刑事が、いった。

彼女の友人が、Nという女性誌の記者をやっていて、来週号に、本多あかりを取りあげることになったという。

「どんどん、人気者になっていくのかな」

十津川は、考え込む。

「私は、彼女が、二つの殺人事件に関係していると思います」

と、いったのは、田中(たなか)刑事だった。

「まさか、彼女が、犯人だなんていうんじゃないだろうな？」

西本刑事が、きく。

「もちろん、その可能性もあると、思っています」

と、田中は、いった。

「じゃあ、動機は、何なんだ？」

「それは、わからないが、姫路の殺人では、車内に、匂い袋の香りが残っているし、鋭利な刃物で、のどを切り裂かれているんだ。無銘伝正宗の短刀なら、見事に切れるんじゃないかな」

「そこが、かえって、無関係の証拠にも思えるじゃないか」

と、西本が、いった。

「どんな風にだ？」

十津川が、西本に、きいた。

「本多あかりは、バカじゃありません」

「それで？」

「殺人現場に、匂い袋の香りを残せば、自分が疑われるのはわかるでしょうし、鋭利な刃物で殺しておいて、テレビに、無銘伝正宗の懐剣を持って出演すれば、また疑われることぐらいわかる筈ですよ。彼女が犯人なら、そんなバカなことをするでしょうか?」

と、西本は、いった。

「それに対して、何か反論があるか?」

十津川は、田中に視線を向けた。

「彼女は、わざと、逆をやっているのかも知れません」

と、田中は、いった。

「わざと、疑われることをしているということか?」

「そうです。まさか、そんなバカなことはしないだろうと考える。その線を狙っているんじゃないかと思うのです」

と、田中は、いった。

「カメさんは、どう思う?」

と、十津川は、最後に、亀井にきいた。

「私には、どっちともいえません。問題は、動機だと思うのです。本多あかりが、犯人だとすると、動機がわからないのです。いろいろと、推測は出来ます。美人の彼女を狙って接近してきた男と、何かあった。例えば、無理矢理、彼女を犯そうとして、逆に彼女が殺してしまったという考えもあるし、金銭のことでもめたという考えもあります。色と欲というわけです。しかし、この二つとも、疑問があります」

「わかっているよ。県警の森田警部も、同じ考えだ。頭のいい本多あかりが、男と危険な状況になるだろうか、金についていえば、姫路の事件で、死体の傍に二百万円の札束がそのままになっているじゃないかということだ」

と、十津川が、いった。

亀井は、笑って、

「あの警部は明らかに、本多あかりに惚れていますよ。その点は、私と違います。私の方は、冷静に見ています」

と、いった。

その時、十津川は、日比谷のKホテルで、殺人事件発生の知らせを受けた。

五月三十日午後九時五十二分だった。

「こちらの捜査と何か関係がある事件ですか？」

と、十津川は、きいた。

「殺されたのは、中年の女だ」

と、本多捜査一課長が、いう。

「女ですか」

「胸を鋭利な刃物で刺され、部屋には、五百万円の札束が残っていた」

一課長が、いった。

「すぐ、行きます」

と、十津川は、いった。

被害者が、女だということには、多少、引っかかるものがあったが、あとは、前の二件の殺人事件と、共通するものを感じた。

3

鑑識を同行させて、Kホテルに急行した。

日比谷公園近くの改築された十六階建のホテルだった。

その十二階、１２０６号室が、現場だった。

ベッドルームと、応接室が続いている間取りで、その応接室の床に、中年の女が、うつ伏せに倒れて死んでいた。

じゅうたんは、胸の辺りから流れ出た血で、赤黒く染っていた。

そっと、仰向けにする。

白茶けた、血の気を失った顔だ。四十歳ぐらいだろうか。

派手な模様のドレスに、指には、大きなルビーの指輪をはめている。

腕時計は、ピアジェだ。

それと同じピアジェのネックレスをし、イアリングもしている。

テーブルの上には、彼女のものと思われるエルメスのハンドバッグがあり、口を開くと、五百万円の札束が、のぞいていた。

「絵に描いたような金持ち婦人ですね」

と、亀井が、いった。

十津川たちを、部屋に案内したホテルの副支配人は、

「南条圭子さまです」

と、被害者の名前を、いった。

「どういう人ですか?」

十津川が、きく。

「銀座に大きな宝石店を出しておられる方で、『日本の女性社長十人』というテレビ番組にお出になったこともあります」

と、副支配人は、青い顔で、いう。

「時々、このホテルを利用していたんですか?」

「はい。ごく親しいお客さまとお会いになる時は、当ホテルを利用なさっていたようです」

「じゃあ、今夜も、ごく親しいお客と会うことになっていたということですかね?」

「と、思いますが――」

しかし、どんな人間が、南条圭子に会いに来たかは、わからないと、いった。

「彼女は、いつから、泊っているんですか?」

十津川が、きくと、副支配人は、

「今日、いらっしゃったんだと思いますが――」

と、頼りなかった。

「しかし、フロントでいつチェック・インしたかわかるでしょう?」

「それが、南条さまは、この部屋を一年契約で使っておられますから」

「しかし、本人は時々しか、使わなかったんでしょう?」

「大事なお客さまを、ここに泊めていらっしゃったんです。銀座に近いですし、外国のお客さまには、すぐわかりますから」

と、副支配人は、いった。

ホテルは、そんな使い方もあるのかと、十津川は、思った。

「大事なお客に、ここで会ったといいますが、テーブルには何も出ていませんね」

亀井が、首をかしげて、いう。

なるほど、テーブルには、コーヒーも、ビールもシャンパンも出ていない。

念のために、部屋の冷蔵庫を開けると、ビールが冷えているし、シャンパンもある。

それに、ルームサービスで、何でも取り寄せることが出来るだろう。

鑑識が、写真を撮り、指紋を採取する。

「この部屋のドアは、オートロックですから、被害者が自分でドアを開けて、犯人を中に招じ入れたんだと思いますね。これも、不可解ですね」

と、亀井が、いった。

死体が、司法解剖のために、運び出されて行った。

4

十津川は、西本たちに、南条圭子について、聞き込みを命じる一方、中央テレビから、彼女が出演したビデオを借りて来て見ることにした。

「日本の女性社長十人」という番組の一つで、南条圭子が、出演している。

いきなり、彼女の派手な顔が、大写しになって叫ぶ。

「私はね、欲しいものは必ず手に入れるわよ！　それがエネルギーになって、ここまでやってきた女。だから、何でも利用した。女という武器だって、利用した。今の世の中は、結局、勝った者の世界なのよ」

このあと、彼女の一日をカメラが追っていくのだ。

月島の超高層マンションの最上階の３ＬＤＫが住居で、そこで、眼をさます。

やたらに広いクローゼットルームには、ブランド物のドレスが、何十着も入っている。

靴も全て、ブランド物である。

ハンドバッグは、エルメス。

「前は、シャネルだったけど、四十歳近くになってから、エルメスにして、数は、二十五、六ってとこかな」

と、圭子は、テレビカメラに向って、喋る。

〈四十二歳。花の独身社長である〉

と、ナレーションが入る。

シルバーメタリックのベンツS600を自分で運転して、出勤である。

車の中でも、彼女が運転しながら喋り続ける。

「今のところ、結婚する気はないわね。男が欲しくなったらどうするかって？　日本の男は、ベタつくからいや。そうね、アメリカへ行って、若いアメリカの男とつき合うわ」

銀座の宝石店に着くと、従業員を集めてハッパをかけ、次に、車を、新宿に飛ばす。ここで、大きなリサイクルショップを経営しているのだ。

夜になると、再び、銀座に戻る。

ここでは、高級クラブのオーナーママをしていた。ここでも、ホステスを集めて檄を飛ばす。

次のシーンで、アナウンサーは、

「ここで、女社長さんの趣味を拝見することにしましょう。社長は、同じマンションに、もう一部屋を持っていらっしゃるんです。その部屋を見せて頂くことにします」

と、もったいぶっていい、圭子が、その部屋に案内する。

そこには、きらきらするものが、統一もなく、並べられていた。

陶器

絵画

ガラス細工

刀剣

「これは、唐三彩（とうさんさい）。こっちの茶碗は天目（てんもく）で、二百万円はするわよ。こちらの掛軸は円山応挙。ガラス製品は全て、ガレね。それに、女なのに、刀の収集は珍しいっていわれるけど、私は、好きなの。許されれば、鏡のコレクションだってしたいわ」

と、圭子がまくし立てる。

「どうやって、集めたんです？　お金だけでは、無理でしょう？」

と、アナウンサーが、きく。

「かも知れないけど、札束で頬を引っぱたけば、たいていのものは手に入るわよ」

と、圭子が、笑う。


一緒に、このビデオを見ていた亀井が、見終ったあと、

「ひょっとして――」

と、いった。

「千姫の懐剣か？」

「そうです。無銘の正宗。その上、千姫が持っていたかも知れない短刀となれば、圭子が、欲しいと思ったとしても、おかしくはありません」

と、亀井は、いった。

「それで五百万円の札束で、本多あかりの頬っぺたを叩こうとしたか？」

「考えてみただけですが」

「もし、カメさんの考える通りだとすると、南条圭子に呼ばれて、本多あかりが、あの懐剣を持って上京して来たことになるね」

「そこが、上手く説明できません。気位の高い本多あかりがホイホイと呼ばれて上京してくるとは、ちょっと考えられないのです」

と、亀井は、いった。

「何しろ、千姫の末裔だからな。欲しければ、姫路に来てと言うだろう。現に、多くの男が、千姫の打かけ欲しさに姫路へ行っている」

十津川も、いった。

聞き込みから帰って来た刑事たちの報告が、始まった。

そのほとんどが、テレビに出演している南条圭子の生きざまを、裏書きするものだった。

「同業者の評判は、よくありません」

と、西本は、いう。

「そうだろうな」

「今は、日本の女性社長の十人の一人といわれていますが、経歴もはっきりしませんし、あくどいこともやって来たといわれています」

「しかし、表向きの経歴はあるんだろう?」

と、十津川は、きいた。

「あります。R大を中退、アメリカのワシントン州立大学に入学。卒業後、ニューヨークで、アメリカの証券会社社長の秘書を経験。帰国後、その経験を生かして、事業に励む。アメリカ留学の証拠はありません」

「しかし、経歴詐称は、今回の事件に、あまり関係なさそうだな」

と、十津川は、いった。

「面白い話を聞きました」

と、早苗が、いった。

「どんな話だ？」

「金が儲かったあと、彼女は、骨董、美術品を集め始めたんですが、そのせいで、Tテレビの例の番組のファンになっていたそうです」

と、早苗は、いった。

「それは、確かに面白い話だ」

と、十津川は、肯いてから、

「彼女が、どんな方法で、骨董、美術品を集めたのか、その方法を調べてくれ」

と、いった。

5

司法解剖の結果が、報告されてきた。

死亡推定時刻は、五月三十日の午後八時から九時までの間である。

死因は、胸を鋭い刃物で、三回突き刺されたことによる失血死だった。

どちらも、予想されたものだった。

鑑識から、現場の指紋採取の結果も知らされた。

こちらも、十津川が、予想したものだった。

肝心の箇所、例えば、ドアのノブや、テーブルなどからは、指紋がきれいに拭き取られているということだった。

南条圭子の取引銀行のM銀行銀座支店に、問い合せたところ、わかったことがあった。

それは、彼女から電話を受け、ピン札で、五百万円を彼女の自宅マンションに届けたというのである。

その時刻は、五月三十日の午後二時頃だったと、支店長はいった。

「間違いなく、自宅マンションに届けたんですね？」

と、十津川は、念を押した。

「そうです。月島のマンションにお届けしました」

「その時、南条圭子さんは、どんな様子でしたか？」

と、十津川は、きいた。

「ニコニコしていて、急がせてごめんなさいねと、いわれました。ちょっと、びっくりしました」

と、支店長は、いった。

「珍しいことなんですか？」

「いつも、怒られてばかりいましたよ」

と、支店長は、いった。

つまり、その時、南条圭子はご機嫌だったのだ。

十津川は、銀座の宝石店、新宿のリサイクルショップ、そして、銀座の高級クラブで、五月三十日に、五百万円が必要なことがあったかどうか、刑事たちに調べさせた。

その結果も、すぐ、わかった。

「南条圭子が、経営している宝石店、リサイクルショップ、それに、高級クラブの三店ですが、給料日は毎月二十五日で、三十日には、すでに、支払われたあとなので、その面での必要は考えられません」

と、西本が、報告した。

各店の実情については、他の刑事が、報告した。

「銀座の宝石店の店長に話を聞きましたが、三十日には、差し当って、必要な資金はなかったということです」

と、日下が、いった。

「新宿のリサイクルショップの場合、常に、一千万円の現金が、店の金庫に用意されていて、必要な物品の購入に当てているので、三十日は、改めて、五百万円の現金が必要な状況ではなかったといっています」

と、報告したのは、三田村刑事だった。

銀座の高級クラブ「ミラージュ」には、北条早苗が調べに行った。

「二十五日に、ホステスたちへの給料は、支払いずみですし、店内改装も終っていて、三十日には、金銭の必要はなかったと、店長がいっています」

と、早苗は、いった。

なお、南条圭子の愛車ベンツS600は、Kホテルの駐車場で、見つかっている。

従って、五月三十日の南条圭子の行動は、次のように推定された。

○午後二時に、自宅マンションに、M銀行の銀座支店に、五百万円を、ピン札で、持って来させて、受け取った。これは、前から予定していたものではなく、三十日の午後一時頃、突然、電話でいって来たものだと、支店長が、証言している。
○この日、南条圭子は、宝石店にも、リサイクルショップ、高級クラブにも顔を出していないから、五百万円を受け取ったあと、車を運転して、Kホテルに向ったものと思われる。その正確な時刻は、不明。
○午後八時から九時の間に、Kホテルの1206号室で、刺殺された。
○Kホテルで、南条圭子は、夕食にルームサービスをとっていないし、ホテル内のレストランで、夕食をとった形跡もないので、外で夕食をとってから、Kホテルに向ったと思われる。
○司法解剖の報告の中に、胃の内容物についての記述があり、それによれば、胃にはわずかにラーメンの具が、残っていたという。従って、南条圭子は、三十日の午後六時頃、外でラーメンを食べてから、Kホテルに向ったと想像される。

「ラーメンというのが、おかしいと思います」

と、早苗が、いった。

「どこがおかしいんだ？　司法解剖の結果、被害者の胃の中には、ラーメンの具が、わずかに残っていたんだぞ」

十津川が、いった。

「彼女を知っている人間の話では、南条圭子というのは、自他共に認める美食家で、また、朝から、ビフテキを食べるようじゃなければ、人生という戦いの場では勝てないわよというのが口癖で、夕食は、ひとりの時も、お得意さまと一緒の時も、銀座のSという店で、いつもフランス料理を食べていたそうです。それが、三十日にはラーメンですませているというのが、何とも不思議なんです」

と、早苗はいう。

「しかし、ラーメンしか、食べてないんだよ」

「はい」

「推測すれば、その日は、食事どころではなかったということじゃないのかね。気もそぞろに、ラーメンを食べ、Kホテルに向ったんだ。それだけ、彼女にとって、大事な用がKホテルで待っていたということじゃないかね」

と、十津川は、いった。

「それが、犯人と会うことだったんですか？」

「犯人に会うことというより、五百万円で、何かを買うことだったたんじゃないのかね？」

「それが、千姫の懐剣ということでしょうか？」

早苗が、いった。

十津川は、それを手で制するようなジェスチャーをして、

「われわれには、そう思いたいという気がある。四月の千姫の打かけの時が、そうだった。今回の懐剣でも、同じことがいえる」

「でも、本多あかりが、怪しいことも事実だと思います」

早苗は、頑固に、いう。

「その通りだが、だからといって、本多あかり一本に絞ってしまうのは危険だぞ」

と、十津川は、いった。

「今回の殺人についても、本多あかりのアリバイは、調べる必要があると思います」

「もう、兵庫県警に電話して、調べて貰っているよ」

と、十津川は、いった。

「大丈夫でしょうか？」

亀井が、十津川を見た。

十津川は、笑って、

「森田警部が、信用おけないか」

「あれだけ惚れていると、眼が狂うかも知れません」

と、亀井は、いった。

6

森田は、小さなくしゃみを一つしてからインターホンを鳴らした。

「はい」

という声がする。とたんに、森田の顔が、ほころんでしまう。

（いかん。おれは刑事だ。ニヤニヤするな！）

と、自分にいい聞かせてから、

「県警の森田です」

と、いった。

ドアが開いて、着物姿のあかりが顔を出した。小さなバッグを抱えている。

森田に向って、ニッコリして、

「これから、お店へ出るんですけど、よろしかったら、ご一緒して、その途中で、お話を伺いたいと思いますけど」

「構いませんか」

「私の方は、少しも」

と、あかりは、いった。

森田は、一緒に来た吉田(よしだ)刑事を、先に帰し、あかりの車に乗り込んだ。

助手席に腰を下すと、いやでも、あかりの体温が伝わってくる。匂い袋のほのかな香りも。

あかりは車をスタートさせてから、

「どんなご用でしょうか?」

と、きく。

口元に、微笑が浮んでいる。森田が、身体をかたくしているのがわかって、それで、微笑しているのだろうか。

「警視庁から、捜査の協力要請がありまして」

と、森田は、いった。

「何というお名前だったかしら。ああ、確か、十津川警部さん。あの方の要請なんですか?」

「そうなんですよ。警視庁の要請には、逆(さか)らえません」

「それで、どんなことでしょう？」

「五月三十日の夜、東京のKホテルで、殺人事件がありました。殺されたのは女性社長の南条圭子という人です」

「それが、私と、どんな関係が？」

「十津川警部は、関係があるのではないかと疑って、あなたのアリバイを調べてくれと、いって来ているんですよ」

「私は、南条さんとかいう女の人のことは、全く知らないんですけど」

「そうだと思いますよ。それでも、十津川警部は、疑っているんですよ。この女性社長は金にあかせて、欲しいものを強引に手に入れるくせがあって、その上、あなたの出た例のテレビ番組のファンなんだそうです。それで、あなたの千姫の懐剣が欲しくなり、五百万円を用意して、あなたを三十日にKホテルに呼んだ。そのあと、商談がもつれて、あなたが南条圭子を、刺し殺してしまったのではないかと、いっているんです」

「私って、そんなに怖い女に見えます？」

「いや、ぜんぜん見えませんよ」

「それに、私はあの番組の中で、この千姫の懐剣は大事なものだから絶対に手放さないと、何度も、いっているんです」

「それは、ボクも、見ました」

「ですから、五百万で買おうなんていわれても、東京になんか行ったりしませんわ」

あかりは、強い調子で、いう。

「わかります。東京の人間というのは、十津川さんもですが、金さえ積まれれば、ころりと、人の気も変ると思っているんですから、困ったものですよ」

「ええ」

と、肯いてから、あかりは、

「でも、私の三十日のアリバイを聞くように、いわれているんでしょう?」

「そうなんです。申しわけないと、思っているんですが――」

「いいですよ。三十日は店にいて、午後三時頃、仕事のことで、うまい考えが浮ばないので、車を京都まで飛ばしました。いつもそうしているんです。自宅へ帰ったときは、もう暗くなっていましたわ」

と、あかりは、いった。

「京都は、お好きなんですか?」

「ええ。京都は私にとって、第二の故郷なんです。二年ほどですけど、京都に住んだこともあるんですよ」

「三十日は、京都の何処へ行かれたんですか？」

「京都で、一番好きな所、化野ですけど」

と、あかりは、いう。

「ボクも、化野の念仏寺には、一度、行ったことがありますよ。あの寺の千灯供養は、すばらしい」

趣味を共有できたという思いで、森田は、心をはずませたが、あかりは、

「私も化野念仏寺は好きですけど、本当は、その奥の愛宕念仏寺の方が好きで、よく行くんです」

と、いった。

森田は、戸惑いながら、

「その寺は行ったことがありませんが、何が有名なんですか？」

と、きいた。

「化野念仏寺は、境内に、無数の石仏が並んでいるでしょう」

「ええ、あれは、圧倒されますね」

「愛宕念仏寺も、境内に入ると、無数の石仏、羅漢さんが並んでいるんですよ。でも、そ

の石仏の表情が違うんです。化野念仏寺の石仏さんは、一様に厳しく、悲し気でしょう。だから、おごそかな気分になるんですけどね」

「ええ」

「それに比べて、愛宕念仏寺の石仏は、表情が千差万別なんです。泣いている石仏もあれば、大笑いしている石仏もいる。唄っている石仏や、大あくびをしている石仏もある。とても、楽しいの。いろいろな人生があるんだなと思って」

「どんな人が、石仏を、奉納するんですかね？」

「親しい人が亡くなると、その人の表情を石に彫って、奉納したと聞きましたわ。ご主人を亡くした奥さんは、そのご主人が歌が好きなら、唄う表情の石仏を彫って奉納する。子供を失った母親は、幼児の表情を彫るんでしょうね」

「楽しそうですね」

「鳩を手に持つ石仏もあるんです。きっと、亡くなった人は、鳩が好きだったんでしょうね。乳児の石仏もありました」

「本多さんも、愛宕念仏寺に、石仏を奉納したことがあるんですか？」

と、森田は、きいた。

「さあ、どうでしょうか」

あかりは、そんな答え方をした。否定も肯定もしない返事だったが、森田は、その時、彼女の眼がうるんで見えた。

森田は、どきっとした。

7

十津川は、森田警部からの回答を、ＦＡＸで受け取った。

〈本多あかりのアリバイについて、回答します。彼女自身の証言によれば、五月三十日の午後三時頃まで、姫路市内の自分の店で仕事をしていたが、仕事に行き詰ったので、気持をリフレッシュするために、自分で車を運転し、京都へ出かけた。

いつも、彼女は、そんな時、車を、京都へ飛ばすのだといっています。彼女にとって、京都は第二の故郷といっていい町で、三十日に行ったのは、京都の愛宕念仏寺だったそうです。

化野の念仏寺は、石仏と千灯供養で有名ですが、その奥にある愛宕念仏寺も、無数の石仏で有名だそうです。（私自身は、その寺に行っておりません）

ただ、化野念仏寺の石仏との違いは、その表情や形の多様さにあると、彼女はいっています。泣き笑い、怒り、悲しみの表情、笑っている男、子供の顔、さまざまで、夫や妻や子供を失った者が、失った人を偲(しの)んで石仏を作り、寺に奉納したんだろうと彼女は、いっていました。

私が、あなたも大事な人を失って、その寺に石仏を奉納したことがあるのかと聞いたら、彼女はどうでしょうかと、返事をはぐらかしましたが、私は、その瞬間、彼女の眼がうるんでいたような気がしたのです。

私が、なぜ、こんなことを書いたかといいますと、この会話を交わしている間、本多あかりは、終始、まじめで誠実でした。嘘をついているとは、とても考えられません。以上です。

兵庫県警　森田〉

「どう思うね?」

と、十津川が、亀井に、きいた。

「感情過多の報告ですね。自分の意見が、入り過ぎていて、役に立ちません」

亀井は、厳しいいい方をした。

「つまり、本多あかりのアリバイ証言は、信用できないということか？」

「そうです。午後三時に、店を車で出たということは嘘じゃないと思います。そんなことで、嘘はつかないでしょう。ただし、精神をリフレッシュさせるために、車を、京都に向けて飛ばしたというのは嘘だと思います」

亀井が、いった。

「京都でなく、姫路の駅か？」

「或いは、他の、ひかりが、停車する駅だと思います。例えば、新神戸でもいい。新神戸から、東京行のひかりに乗ったとします。四時間足らずで、東京へ着きます。東京駅から、Kホテルまで、タクシーで二十分以内です。南条圭子が、Kホテルで殺されたのは、午後八時から九時の間です。十分に間に合うんじゃありませんか」

亀井は、時刻表を広げた。

「姫路発一五時五六分の『ひかり166号』というのがあります。この列車の東京着は、一九時三三分です。午後七時三十三分。Kホテルには、午後八時には、ゆっくり着けます。また、彼女が、姫路から新神戸まで、車を飛ばしたとします。この場合も、一時間半あれば、着くでしょう。この場合は、新神戸発一六時三八分の『のぞみ22号』に乗ることが出来て、一九時二六分に、東京に着いてしまいます」

「時間的に、本多あかりのアリバイは、成立せずの結論か」

「そうです」

「だが、本多あかりは、証言どおり、京都へ行ったのかも知れない」

と、十津川は、いった。

亀井は、渋面（しぶづら）を作って、

「警部まで、そんな甘い見方をされるんですか？」

「可能性をいっているだけだよ。カメさんのいう通り、本多あかりは、五月三十日に、新幹線で東京にやって来て、Ｋホテルで、南条圭子を殺害したのかも知れないし、彼女の証言通り、車で京都へ行ったのかも知れない。今の段階では、どちらと断定する証拠はないんだ」

と、十津川は、いった。

「私としては、間違いなく、下手なアリバイ作りだと思います。五月三十日という事件の日に、車を飛ばして京都へ行ったというのは、いかにも出来すぎた話じゃありませんか」

亀井は、腹立たしげに、いうのだ。

「いちいち、カメさんの話はもっともなんだが、動機がわからなくては、これだけで、本多あかりを、どうすることも、出来ないよ」

と、十津川は、いったあと、

「兵庫県警のＦＡＸにあった、愛宕念仏寺というのも、私は引っかかるんだよ」

と、いった。

「京都の愛宕念仏寺というと、確か、警部は、行かれたことがあるんでしたね」

「いつも、カメさんと一緒なんだが、愛宕念仏寺には、私一人で行った。それも、何回もね」

と、十津川は、いった。

「愛宕念仏寺というのは、どんな寺なんですか？」

「一般には、化野念仏寺の方が有名だ。羅漢さんや、千灯供養でね」

「ろうそくが、無数にゆらめく写真は、見たことがありますよ」

「愛宕念仏寺というのは、更に、奥にあるんだが、私が、感動したのは、この寺にある石造りの羅漢さんなんだ」

「それは、県警の報告書にもありましたが」

「化野念仏寺の羅漢さんは、いかにも仏（ほとけ）という表情なんだが、愛宕念仏寺の羅漢さんは、とても人間的なんだよ。そのことに、私は、感動した。泣いている顔、笑っている顔、怒っている顔、男、女、子供、みんな、身内を失った人たちが、悲しみを石に彫って、奉納したんだよ。無数の羅漢さんを見ていると、奉納した人たちの思いが、じわじわと伝って来るんだよ。ギターを持って、唄う男の羅漢も、きっと、恋人が死んで、その恋人の面影を石に彫ったんだろうかと思ったりしてね」

「わかります」

「本多あかりが、その愛宕念仏寺へ行ったのは、間違いないと思うね」

「しかし、五月三十日に行ったかどうかは、わかりませんよ」

亀井は、あくまでも、アリバイに、拘った。

十津川は肯いて、

「確かに、五月三十日に行ったかどうかは、わからないな。ただ、県警の森田警部にアリバイを聞かれて、なぜ、愛宕念仏寺の話を、くわしくしたんだろうか」

「それは、森田警部の同情を引こうとしたんだと思いますよ。現に、森田警部の書いて来た報告書は、メロメロじゃありませんか。寺に石仏を奉納したことがあるかと聞いた時の本多あかりの眼はうるんでいた、などと書いています。完全に、刑事の眼じゃありませんよ」

と、亀井は、いう。

「本当に、本多あかりの眼が、うるんでいたとは考えられないかね？」

十津川が、きいた。

「何しろ、彼女に惚れている森田警部の観察ですからね。何事も、いいように思ってしまうんじゃありませんか。例えば、彼女が眼をパチパチさせても、眼がうるんでいるように錯覚してしまうこともあり得ますから」

と、亀井は、いった。

「カメさん。私と一緒に、京都へ行ってみないか」

と、十津川は、誘った。

「愛宕念仏寺へ行くということですか？」

「ああ。君にも、あの羅漢さんを、私と一緒に見て貰いたいんだよ」

「それは、いいですが、南条圭子殺しの方は、どうします？」

と、亀井は、きいた。

「君は、本多あかりが、犯人だと思っているんだろう？」

「今も、容疑者第一号です」

「問題は、動機だ」

「そうです」

「ひょっとすると、動機がわかるかも知れないよ」

と、十津川は、いった。

「行きましょう」

と、亀井が、応じた。

翌日、あとを、西本たちに託して、十津川は、亀井と、京都に向った。

東京発午前九時〇三分の「ひかり117号」に、乗った。

並んで腰を下し、十津川は、禁煙車でないのを確めてから、煙草をくわえた。

重い思考の時は、どうしても、煙草が、吸いたくなってしまうのだ。火をつけてから、じっと窓の外に眼をやった。

「本多あかりというのは、どんな人間なんだろうと、ずっと、考えているんだ」

と、十津川は、いった。

「警部は、ナルシストだといわれたんじゃありませんか」

「ああ。そう思っていた。自分を、千姫の末裔だといい、テレビに出て来て、千姫の打かけとか、懐剣を提供して見せた。その上、美人で、そのことを、十分に意識しているんじゃないか、そんな風に考えたので、これは大変なナルシストじゃないかと、考えたんだよ」

「今は、違うんですか？」

亀井が、不思議そうにきく。

「私とカメさんは、姫路で、本多あかりに会っているし、話もしている」

「そうです」

「彼女は、聡明な女性だと私は思ったんだが、カメさんはどうだね？」

「頭のいいことは、間違いないと思います」

と、亀井は、いった。

「その点で、意見は一致したわけだ」

「しかし、私は、だからといって、彼女が、今回の一連の事件について、シロだとは思いません」

「それは、自由だよ。ところで、聡明な女性が、お伽話を信じるものだろうか？」

と、十津川は、いった。

「お伽話って、千姫の話ですか？」

「そうだ。千姫の子孫だとか、千姫の打かけだとか懐剣というのは、いわば、大人のお伽話じゃないか」

「でも、警部は、それを固く信じているのは、彼女がナルシストだからだと、おっしゃった筈ですよ」

「そう思ったんだ。普通なら、自分が、小野小町（おののこまち）の生れ変りなどとは信じないものだが、ナルシストは信じたりするからね。それと同じだと考えたんだが、彼女が、愛宕念仏寺が好きだということで、見方が変って来た」

と、十津川は、いった。

「どんな風に、違って来たんですか？」

亀井が、きく。

「彼女は、さめた眼で、全てを見ているんじゃないのだろうか。自分が、千姫の子孫でないこともよく知っている。あの打かけや名刀が、千姫の持ちものでないことも知っている。それなのに、テレビで、千姫の末裔と名乗り、これは千姫の打かけ、千姫の懐剣と、自慢して見せているのではないだろうか」

「しかし、何のためにですか？」

亀井が、きいた。

「それが、わからなくて、困っている」

十津川は、吸殻を、灰皿に捨て、新しい煙草をくわえた。

「普通なら、サギの手口ですよね。前に、そんな女サギ師がいたじゃありませんか。一見、上品な中年の女で、自分は徳川家の血筋を引いていて、莫大な財産の継承者だといって、何人もの人間から数億円を欺し取った事件が」

と、亀井が、いった。

「ああ、覚えているよ」

「普通に考えれば、あの中年女と同じで、千姫の子孫と名乗り、安物の打かけを千姫のものと嘘をついて、高く売りつけようとしているのではないかということになるんですが」

「それは、誰でも考えるストーリィだがね。本多あかりは、金を欺し取ったりはしていないんだ」

「そうなんですよ。むしろ、彼女は、打かけも懐剣も、売らないといっているわけですから」

と、亀井も、いった。

「だから、私は、愛宕念仏寺へ行ってみたいと思っているんだよ」

「その寺へ行けば、何かわかりますか？」

「それに、もう一つ、彼女の眼がうるんでいたという森田警部の言葉を、信じてみようとも思っているんだよ」

と、十津川は、いった。

「千姫が、涙ぐんだというわけですか」

「ああそうだ」

十津川は、自分自身に向って、肯くような調子で、いった。

煙草の灰が、少しこぼれた。

「あの千姫の末裔が、泣きますかね？」

亀井は、半信半疑の顔になっていた。

「もし、愛宕念仏寺の話をしながら、彼女が涙ぐんだのだとしたら、今回の事件の謎が、いっきに解けてくるんじゃないかと、思っているんだよ」

と、十津川は、いった。

第四章　苦悩せよ千姫

1

十津川と亀井は、「ひかり」が、名古屋に着く寸前に、電話で、呼び戻される破目(はめ)になった。

「すぐ、帰って来い。本多あかりについて、捜査一課に、投書があった」

と、一課長が、いう。

「後廻しに出来ませんか?」

十津川が、きいた。

「彼女の生れについて書かれてある。京都で、何か調べる前に読んだ方がいいと思うがね」

と、本多一課長は、いった。

上司の命令には逆えない。

「わかりました。すぐ、戻ります」

と、十津川は、答えた。

名古屋で降り、次の上りの列車で、急遽、東京に戻った。

本多一課長に会うと、本多は、

「京都にＦＡＸで送ってもいいと思ったんだが、君は、書かれていることをすぐ、調べたがるだろうと思ってね」

と、いった。

「姫路のことが書いてある投書じゃないんですか？」

と、十津川は、きいた。

「東京のことだ」

「東京ですか？」

「彼女の父親は東京に住んでいた。だから、娘の本多あかりもだ」

「ぜひ、読みたいですね」

と、十津川は、いった。

宛先は、「警視庁捜査一課御中」となっている。差出人の名前はない。

パソコンで打ったと思われるきれいな字が、並んでいたが、内容は激しいものだった。

〈千姫の末裔を自称する傲慢女、本多あかりについて申し上げたい。

まず、彼女の父親のことから書く。名前は清純と立派だが、簡単にいえば嘘つきである。

もちろん、徳川家譜代の大名だった本多家とは、何の関係もない。

本多清純の本名は、本多徳太郎で、福島県の貧しい農家に生れている。

中学を卒業した後、十九歳の時、上京した。

新聞配達、トラックの運転手など、さまざまな職業につき、苦労したのが、あとになって、それが、大いに役立ったと話している。

確かに、様々な職業についているが、彼が死ぬまで、秘密にしていたことがある。

それは、前科のことである。本多は、二十八歳のとき、サギと傷害で、一年半刑務所に入っている。それを、ずっと、隠してきたのだ。

三十二歳の時、三歳年上の村田節子と結婚する。優しさに惚れたと本多はいっているがどう見ても、この未亡人の資産に惚れたとしか考えられない。

本多は、その資産を使って、事業を始めた。飲食業、コンビニなどに手を染めたが、全て失敗する。それが、四十歳を過ぎて始めたリサイクル事業が、大当りして、五十歳の頃には、年商三十億円を越えて、七人の社員を使うようになった。

五十五歳の時、練馬区に豪邸を建てたが、招かれた一人は、いかにも、成金趣味丸出しの家だったといっている。

この頃から、本多は、突然、骨董を集め始め、自分は、徳川譜代の本多家の子孫だと、いい始めた。

名前も、徳太郎から、清純と改め、金にあかして、本多家というか、徳川家に関する品物を集め出している。

六十五歳の時、豪邸が火災にあい、本多と長男の清太郎は焼死した。二人とも酔っていたといわれている。

長女のあかりは、その時、渋谷区内のマンションに住んでいて助かったが、その後、突然、姫路に引っ越している。

その中に、千姫の子孫を名乗って、テレビに現われ、千姫のものと自称して、打かけや懐剣を見せびらかしている。

あの打かけと懐剣は、父親が集めたものの中から、ねだって貰ったものに違いない。

父親の本多清純が、あの本多家とは何のゆかりもない、福島県の貧しい農家の生れだったように、娘の本多あかりも、千姫の子孫である筈がないのである。

それにしても、血は争えないものだと、つくづく思う。

父親の本多には、サギの前科があり、大金を手にすると、嘘で固めた家系を口にした。

それと、そっくり同じことを、娘の本多あかりもしているのである。

言論は自由だというが、千姫の子孫を自称するのは、サギではないのか。このことで、必ず傷つく人が現われることを、危惧するものである。

警察は、ぜひ、彼女の父親の本多清純のことを調べ、この父娘の嘘を白日の下にさらして頂きたい。〉

「どう思うね？」

十津川は、亀井に、きいた。

「ちょっと、調べてみますか」

と、亀井は、応じた。

二人は練馬警察署に足を運んだ。

三年前に起きたという火事について、聞いてみた。

「二月上旬の寒い日でした。風が強くて、五台の消防車が駈けつけたんですが、どうにも手に負えず、三百坪の家を全焼して、焼け跡から、本多父子の焼死体が、発見されたのです」

と、生活保護課の成田という刑事がいい、焼ける前の本多家の写真を見せてくれた。

亀井が、それを見て、

「まるで、武家屋敷だな」

と、感心すると、

「何でも、郷里の会津若松に残っていた武家屋敷を、大金を出して購入し、移築したそうで、テレビで紹介されたこともあります」

「大名の本多家の子孫だといっていたようだね？」

と、十津川が、きいた。

「そうです」

「本多清純という人の評判は、どうだったんだ？」

「そうですねえ。ちょっと変っているなという人が、多かったですね」

「本多家の子孫だといっていたからか？」

「美術品として購入した刀剣を何本か持っていたんですが、ある日、和服を着て、その刀を腰に差して、歩いていたんです。それで、近くの交番の巡査が注意したら、自分は本多何とかの守の子孫だから、許されているんだと、食ってかかってきたりしましてね」

「彼のやっていたリサイクルショップは、今どうなっているのかね？」

「今もありますよ。もっとも、娘さんが継ぐ気がなくて、他人手に渡ってしまっていますが」

「そこに、本多清純時代の従業員が、残っていないかな？」

「確か、一人残っていると、聞いていますが」

と、成田は、いった。

十津川は、教えられた場所に向った。

そこは、千坪はあるだろうと思われる大きな倉庫で、二台の大型トラックから、購入してきた中古の道具類をおろしているところだった。

ここで、大和田という五十代の従業員に会った。

本多が社長をしていた時から、働いているという男だった。

「本多清純さんのことを話してくれませんか」

と、十津川が、いうと、大和田は、

「とにかく変った人でしたよ。金が出来たと思ったら、急におれは本多正純の子孫だといい出しましてね。本多正純というのは、徳川家の重臣だったそうですね。その純をとって、名前も、清純と変えたりするんですすよ」

「骨董も沢山持っていたみたいですね」

「そうなんです。一度、ご自宅に招かれたことがありましたが、いろいろありましたよ。江戸時代の大名駕籠とか刀剣とか屏風絵とか、それから家系図も見せられましたね。ニセモノもあったと思いますが、ホンモノもあったと思います。それが、全部焼けてしまったんだから、惜しいですよねえ」

「娘のあかりさんのことは、覚えていますか？」

と、十津川は、きいた。

「それが、よく覚えていないんです。娘さんは、早くから家を出ていましたからね」

と、大和田は、いった。

「あかりさんが、テレビに出たのは、見ていますか？」

十津川が、きくと、大和田は、ニッコリして、

「見ましたよ。美人なので、びっくりしました」

「テレビで、あかりさんは、自分は千姫の子孫だといっていましたが、そのことは、どう思いました？」

「血は、争えないと思いましたねえ。やっぱり、父娘ですねえ」

と、大和田は、また笑った。

「あのテレビで、あかりさんは、千姫の打かけや懐剣を見せたんですが、それについては、どう思いました？」

「あれは、亡くなった本多社長が可愛い娘さんに、贈ったものに違いありませんよ。もちろん、あの邸が焼ける前にね」

「本多さんは、あかりさんを、可愛がっていたんですね？」

「そりゃあ、可愛がっていましたよ。ただ――」

「ただ、何です？」

「あかりさんの方は、ボクの知っている限りでは、父親の本多社長を、煙たがっているようだったんです。だから高校を出るとすぐ、マンション暮らしを始めたんだと思いますよ」

と、大和田は、いう。

「どうして、父親を、毛嫌いしていたんですかね？」

「これはボクの想像ですが、あかりさんには、父親が、俗っぽく見えたんじゃありませんかね。儲かると、大きな邸を建てたり、本多正純の子孫だといったり、骨董集めをしたりする父親がです」

「もし、そうだとすると、なぜ今になって、彼女は父親と同じことをやっているんでしょうか？」

と、十津川は、きいた。

「だから、ボクは、血だと思うんですよ。父親のことを、嫌っているように見えるのだって、結局、自分の血の中に同じように、家系とか骨董に対する興味とか、同じものがあるのが、嫌だったからじゃないか。今、父親というカセが消えて、本来の自分がはっきりと出て来たんじゃありませんかねえ」

と、大和田は、分析して見せた。

「本多さん父娘が一緒に写った写真はありませんかね？」

十津川が、いうと、大和田は、

「自宅へ行けば、何枚かあると思いますが」

と、いい、会社に断って、近くの自宅に戻ってくれた。

約束どおり、三枚の写真を持って来てくれた。

確かに、本多清純と娘のあかりが、一緒に写っていたが、あかりの方はまだ十代だった。

「あかりさんが、高校生の頃だったと思います。いかにも、美少女という感じでしたよ」

と、大和田は、いった。

2

十津川はその日の中に、亀井と、新幹線で再び京都に向った。

問題の投書、本多父娘の写真、それに、本多清純がのった週刊誌のコピーを持ってである。

週刊「K」の見出しは、「現代奇人伝」とあった。

武家屋敷を移したという自宅の前で、ポーズをとる本多清純の写真ものっている。

しかも、本多は、上下姿で、腰に大小を差していた。記事は、こうなっている。

〈リサイクル業で成功した本多清純さん（六十三歳）は、奇人の一人である。

郷里の会津若松に残っていた武家屋敷を、わざわざ東京に移築して、そこに住み、自分は、徳川家の譜代の大名、本多正純の子孫と話す。

本多さんは、本名徳太郎だが、最近、先祖の正純に合わせて清純と改名した。

本多さんの家を訪ねると、江戸時代の大名駕籠、刀剣、火縄銃、武士の装束などで、一杯である。

最愛の奥さんの節子さん（本多さんは、正室といっている）を、二年前に亡くしているが、その中に、わが家の菩提寺を建てたいと、本多さんは、いっている。〉

「死ぬ二年前の写真だ」

「確かに、変り者だったようですね」

「本多正純というのを、調べてみたんだがね」

と、十津川が、いう。

「正純と、父親の正信は、家康の臣として、大坂城攻撃に功績があって、江戸幕府成立のあと、老中になっている。正純は幼少の頃から、才気煥発だった。栄達するにつれて、傲慢さが見えてきて、他人に恨まれることが多くなった。家康の没後、二代将軍の時になって、家康の遺言によって、正純は宇都宮に十五万五千石を与えられた。その前は下野小山の五万石だったから大変な出世だよ。いつの時代でも、そうした出世話は、ねたまれるもので、この時も、そんな人間が沢山いて、その急先鋒が亀姫だった」

「亀姫って誰です？」

「徳川家康の長女だよ。彼女は、十七歳の時、三河城主の奥平信昌に嫁いでいる。奥平信昌は、徳川幕府が成立してから、宇都宮城主になっていた」

「ということは、亀姫夫婦は、正純のために宇都宮から追い出されたわけですね」

「表向きは、下総古河に、一万石加増の上、国替えということなんだが、当時の古河は貧しくて、実質上は、左遷だったんだな。亀姫は、全て、本多正純の企みと思って、憎み、正純の追い落しを考えた。将軍秀忠が、日光東照宮に参拝することになり、宇都宮に一泊することになった。そこで、亀姫は、本多正純は、将軍家に対して、謀叛を起こそうとしている、宇都宮へ行くのは危険だと、将軍秀忠にいった。何しろ、秀忠にしてみれば、亀姫は実の姉だ。その姉の言葉を聞いて、秀忠は、宇都宮行を中止して、江戸へ帰ってしまったんだ。もちろん、亀姫だけでなく他にも、本多正純の出世をねたむ者がいて、讒言があったんだと思う。本多正純は弁明したが、聞き入れられず、配流され、正純の家は廃絶されてしまった」

「宇都宮の釣天井の話は、この時のことなんですね。確か、本多正純が、将軍秀忠を暗殺しようとして、自分の城に招き、寝所の釣天井を落として、殺そうとする話でした」

「もちろん、それは作り話だが、本多正純が全てを失ったことは間違いないんだ」

「わかりました。本多が、本多正純の子孫を、名乗った理由がです。この本多家は、廃絶されてしまったので、子孫を名乗っても、誰からも文句が来ないと思ったんじゃありませんかね」

亀井が、したり顔で、いった。

「なるほどね」

と、十津川は、肯いてから、

「それにしても、父のそんな俗っぽさが、嫌いだった娘のあかりが、なぜ、今になって、千姫の子孫を名乗ったり、テレビに出たりしているんだろう？　しかも父親から貰ったと思われる打かけや懐剣を千姫のものとして、テレビに出品している」

「大和田という男が、いってたじゃありませんか。血だって。娘のあかりも、父親と同じなんですよ。虚栄心のかたまりなんじゃありませんか。似た者同士だから、かえって反撥しているんだと思いますよ」

と、亀井は、いった。

「しかし、面白いな。父親は、本多正純の子孫を自称していた」

「ええ」

「その本多正純を亡ぼしたのは、家康の娘の亀姫だ」

「ええ」

「その亀姫は秀忠の姉に当るんだから、千姫にとっては、伯母（おば）に当る」

「そうですね」

「そこまで考えて、本多あかりは、千姫の子孫だといっているのかね？」

「どうですかね。彼女は、千姫が絶世の美女だというので、千姫の子孫を名乗ってるんじゃありませんか。典型的なナルシシズムだと思いますよ」

と、亀井は、いった。

「本多あかりは、ナルシストか」

「今、はやりでもありますよ。自分は、天草四郎の生れ変りだというタレントもいるし、前世はクレオパトラだという女もいる時代ですから」

「なるほどね」

「私だって、おれの先祖は、何を隠そう織田信長だぐらいいいたいですよ」

と、亀井は、笑った。

十津川は、次に、例の投書を取り出した。

「これは、どんな人間が何を目的に、寄越したんだろうかね？」

「二つ考えられますね。この手紙の主はあのテレビを見た。それから、彼女の父親の本多清純のことを、よく知っていた。この二つです」

「確かに、手紙は、父親について、くわしく書いてある」

「ええ」

「しかし、手紙は最後に、本多あかりを告発するとあった」

「ええ」

「それなのに、父親のことは、詳しく書いてあるのに、肝心のあかりについては、殆ど書かれていない。なぜかな？」

「彼女は早くから、父親のもとを離れて暮らしてきた。手紙の主は、多分、父親の傍にいたから、娘のあかりのことは、よくわからないんじゃありませんか。よくわからないが、父親が死ぬと、千姫の子孫と名乗ったり、テレビに出まくることに、腹を立てたんじゃありませんかね。父親も父親だが、娘も娘だという腹立たしさがあったのかも知れません」

「同感だが、この人間は、マスコミにも同じ手紙を送ったんだろうか？」

「例えばテレビ局ですか？　あの番組を放映した」

と、亀井が、きく。

十津川は、デッキに行くと、携帯でオリエントプロの青木にかけた。

「本多あかりさんのことで、差出人のない投書が、来ていませんか？」

十津川が、きくと、青木は、

「沢山来ていますよ。ぜひ、もう一度、本多あかりさんを出してくれとか、彼女は、結婚していないのかとか、彼女の携帯の番号を教えてくれとかです。同じような投書や、電話やメールが、テレビ局にも届いているそうです」

と、呑気に、いう。

「彼女を非難する手紙なんかは、来ていませんか？」

「二、三通は来てますよ。どんな時にもあるんです。まあ、ねたみですね。彼女が、千姫の子孫の筈がないとかね。われわれは、無視していますよ」

「それだけですか？」

「彼女のことで、何かあったんですか？」

青木が、逆に、きいた。

「いや、何でもありません」

と、十津川は、いった。

彼は、首をかしげながら、席に戻った。

亀井に向って、

「どうやら、この手紙は警察にだけ送って来たものらしい」

と、十津川は、いった。

「ちょっと、変ですね」

「なぜ、捜査一課に寄越したんだろう？　彼女は、殺人犯人だから、彼女のことを捜査しろとか、事情聴取しろとかいうのならわかる。が、そんなことは書いてないんだよ。手紙の文章は、本多あかりがテレビに出て、千姫の子孫を自称しているのはけしからんという調子なんだ。それなら、警察にいうより、マスコミをけしかけた方が、はるかに効果がある」

「その通りです」

「それなのに、なぜかマスコミには、何の手紙も出していない。なぜだろう？」

「私は、同じものをコピーしてマスコミにも、送りつけていると、思ったんですがねえ」

と、亀井も、いった。

「投書の主は、われわれ警察に何をやらせたいんだろう？」

「本多あかりがニセモノだから、それをあばいてくれというわけでしょう。サギという言葉を使っていますから」

「しかしねえ。ただ、勝手に千姫の子孫だと名乗っているだけじゃあ、逮捕はできないよ」

と、十津川は、いった。

「そういえば、彼女が、他人を欺し、金を奪っているわけでもありませんから、確かに逮捕は無理ですね。彼女の周辺で、殺人事件が起きていますが、彼女が犯人だという証拠は出ていません」

亀井も、いう。

「だが、投書の主は、本多あかりを、弾劾している感じだ。本多父娘をね。意図が、何か気になるんだよ」

「本多あかりが、テレビに出たりして、もてはやされているのが、癪に障るという感じですね」

と、亀井は、いった。

「本多あかりが、もてはやされれば、逆に、彼女を非難する声も出る。世の中って、そういうものだよ。青木も、彼女に対して、もっとテレビに出してくれという声もあれば、なぜ、あんな女を出すのかという非難の声もあると、いっていた。ただ、この投書が違うのは、彼女の父親のことを詳しく書いていることで、説得力がある」

「それは、わかりますよ。例の打かけと懐剣も、あかりの家が、代々、持っていたものではなく、骨董好きの父親が買ったものだと匂わせていますからね」

「だから、西本と日下の二人に、あかりの父親のことを、更に詳しく調べておけと、いっておいた」

と、十津川は、いった。

3

京都に着いた時は、すでに午後七時を過ぎていた。

ひとまず、駅近くのホテルにチェック・インし、翌朝早く、レンタ・カーを借り、愛宕(おたぎ)念仏寺に向った。

今日は、もう六月に入っている。

京都は、これから、むし暑い夏を迎える。

京都の夏は、盆地のせいで、風が無く、無性に暑い。

六月中旬から、その暑さを少しでもやわらげようと、鴨川(かもがわ)沿いの料亭は、川に張り出した「ゆか」を作る。

最近は、その「ゆか」が、ゴールデンウィーク前に、すでに張り出されるようになった。

二人が、レンタ・カーで、鴨川を渡った時も、川沿いの料亭が、ずらりと「ゆか」を張り出していた。もちろん、早朝なので、まだ、客の姿はない。

今は、ゴールデンウィークも終り、五月十五日の葵祭(あおいまつり)も終って、七月の祇園祭(ぎおんまつり)までの間のエア・ポケットみたいな時期で、さすがに観光客の姿は、少い。

レンタ・カーは、山へ登っていく。

この辺りは、市内より、十度は気温が低いといわれる。

冷気が、二人を包む。

車は、まず、化野念仏寺を通り過ぎる。観光客には、こちらの念仏寺の方が、有名だ。

特に、夏の千灯供養は、京都の観光案内には、必ずのっている。

今回は、更に、奥にある愛宕念仏寺である。

深い森に囲まれた寺は、今朝は、一人の観光客の姿もなかった。

二人は、車から降りて、寺の中に入って行った。

物音が消え、小鳥のさえずりだけが、聞こえてくる。

十津川は、まっすぐに、石仏（羅漢）の並ぶ場所に向って、歩いて行った。

そこには、無数の石仏が並んでいた。

しかも、一つとして同じ表情のものがない。勝手気ままに、石仏たちは、泣き、笑い、おどけ、怒っている。

気ままな表情の群れなのに、全体として、一つのハーモニーをかもし出しているのだ。

人間というハーモニーである。

「こりゃあ、楽しいですね」

と、亀井が、いった。

「私の知っている顔が、いくつもありますよ。この、無愛想で、世間の苦しみをひとりで背負ったみたいな男の顔は、うちの三上本部長、そっくりですよ」

「みんな、亡くなった人を偲んで、家族や友人が奉納したものだといわれている」

と、十津川は、いった。

「じゃあ、素人が彫ったものなんですか？」

「素人が彫ったものもあるし、プロに依頼して彫ったものもあるらしい」

「警部は、ここで、何を探すおつもりなんですか？」

亀井が、立ち上って、きいた。

「本多あかりが、何に向って、涙を流したか、それを知りたいんだよ」

「彼女が、千姫の像でも彫って、ここに奉納しましたかね？」

「いや、千姫の像に向っては、涙しないだろう。私が考えるのは、亡くなった彼女の父親のことだよ」

と、十津川は、いった。

彼は、持参した写真を取り出した。

高校時代の本多あかりが、父親と一緒に写っている三枚の写真である。

「この父親の石仏を探してみたい」

と、十津川は、いった。

だが、なかなか見つからない。

探しあぐねて、十津川たちは、住職に会った。

「本多あかりという女性のことなんですが」

と、十津川が、いうと、住職は、微笑して、

「テレビに出ていた女性でしょう」

「ご存知でしたか」

「たまたまあのテレビを見ていましてね。ああ、いつかお会いした方だなと思いました」

「この念仏寺に、石仏（羅漢）を奉納しているんじゃありませんか？」

と、十津川は、きいた。

「よく、ご存知ですね」

「そのことを、話してくれませんか」

「今から、二年前でしたかね。羅漢さんを一体奉納したいといわれたので、その羅漢さんを拝見しました」

「それは、今境内（けいだい）にありますか？」

「ありますよ。何でも、二ヵ月かけて、ご自分で彫ったものだといわれていました」

「そのあとも、彼女は、ここへ来ているんですか？」

「ええ。何度もね。私が、お会いする時もあるし、お会い出来ないこともありますがね」

と、住職は、いった。

とにかく、十津川と亀井は、その石仏を見せて貰うことになった。

十津川は、多分、上下をつけ、大小を差して、本多正純の子孫を気取っている父親を、ユーモラスに彫ったものだろうと、考えていた。

だが、住職が案内した場所に置かれていたのは、全く違う石仏だった。

大きな口を開け、泣き叫んでいる男の顔の石仏だ。

「本当に、この羅漢さんですか？」

と、思わず、聞き直したくらいだった。

「そうですよ。うしろに、寄贈した方のお名前が彫ってあります」

住職が、いう。

十津川は、石仏の背後に廻ってみた。

なるほど、そこには、名前が、彫ってあった。

〈本多あかり　姫路市〉

「この羅漢さんは、誰だと、いっていましたか？」

と、十津川は、きいた。

「何にも、おっしゃらなかったんですよ。ただ、私が、お父さんですかときいたら、黙って肯いておられましたね」

と、住職は、いった。

十津川は、改めて、石仏を見つめた。

「カメさんは、どんな表情に見える？」

と、きいた。

「私には、悲しんでいるように見えますね。口を開けて、泣き叫んでいるように」

と、亀井が、いう。

「私には、怒っているように見えるね。怒り狂っているようにだ」

「両方でしょう。悲しみと怒りの感情は、ごく近いものですから」

と、亀井は、いった。

「怒りと悲しみは、同じか」

「少くとも、この石仏さんは、同じに見えますよ」

と、亀井は、いった。

「住職さんに伺いたいんですが、本多あかりさんは、どんな気持で、この羅漢さんを奉納したんだと思いますか？　これが、父親の顔だとしたら、亡くなった父親の冥福を祈って、自分で石に彫ったんだと思うんです」

十津川は、住職に、いった。

「そう思いますよ」

「普通なら、優しい父親の顔を彫るものじゃありませんか？」

「そうとは、限りませんよ」

と、住職はいい、他の石仏のところに、十津川たちを連れて行った。

「これは、亡くなった母親のことを偲んで、息子さんが彫った羅漢さんです。このように、優しく、穏やかな、表情をしています。警部さんのいうようにね。しかし、こちらの童子の羅漢さんを見て下さい。これは六歳で亡くなった息子さんを偲んで、母親が奉納したものです。だが、苦しみもだえた顔になっているでしょう」

「病気で死んだ子供ですか？」

「いや、バイクにはねられて死んだ子供です。青信号で、横断歩道を渡っていた子供が、無謀運転で突進してきたバイクに、はね飛ばされて亡くなったんだそうですよ。母親が、病院に駈けつけたとき、子供はまだ生きていた。多分、苦しい、痛いと、訴えながら、死んだと思いますよ。母親は、その悲しみと怒りを忘れないために、わざわざ、こんな羅漢さんを作ったんだと、いっていましたよ」

「バイクの犯人を許せなかったんですね？」

「そうでしょうね」

「この羅漢さんは、古いものじゃありませんか？」

と、十津川は、きいた。

「十年前に、奉納されたものですから」

と、住職は、いってから、続けて、

「隣りにある羅漢さんを見て下さい」

そこにあったのも、子供の石仏だった。

だが、こちらは、幸せそうに笑い、手に、オモチャの自動車を持っていた。

「こちらは、幸福そうですね」

「実は、同じ母親が、十年たった今年の三月に、奉納した羅漢さんなんですよ」

と、住職は、いった。

「じゃあ、この羅漢も、同じ子供がモデルですか？」

「母親が話してくれましたよ。十年前、青信号で横断歩道を渡っていた六歳の息子をはねたのは、十八歳の少年だった。その少年を、母親は、十年間、許せなかったそうです。絶対に殺してやると、思い続けたといいます。その間、彼女の夢に出てくる息子は、いつも、この羅漢さんのように、泣き叫んでいたそうです。それが、十年たって、やっと、犯人を許せる気持になったと、いっていました。もちろん、その間に、犯人の少年は大人になり、改心し、毎月、死んだ子供の墓参りを続けたということもあったようです」

「それで、新しい石仏を彫ったんですね」

「彫っている中に、夢に出てくる息子さんの顔も、穏やかな、子供らしいものになっていったそうです。嘘みたいな話だが、私は、信じましたよ」

と、住職は、いった。

十津川は礼をいい、もうしばらく、見ていたいと告げた。

住職が、いなくなったあとも、二人の刑事は、石仏の前から動かなかった。

二年前、本多あかりは、亡くなった父親の石仏を、この愛宕念仏寺に奉納した。

父親の本多清純は、三年前の二月の火事で、焼死している。

と、すると、あかりは父親の一周忌に、亡くなった父を偲んで石仏を彫り、この寺に奉納したのだろう。

しかし、なぜ、こんな、悲しみに満ちた石仏を作ったのだろうか？　怒り、悲しんでいる羅漢にしたのか？

市内のホテルに戻ると、十津川は、東京にいる西本と日下に電話をかけた。

「本多清純のことで、何か新しくわかったことがあるか？」

「彼の友人、知人に会って、聞き込みを進めています。本多清純という男は、やり手だったが、怖い男だったという声を多く聞きました」

と、西本は、いった。

「怖いというのは、どういうことなんだ？」

「リサイクル事業で成功してから、物わかりのいい、優しい男になったが、それでも、いざとなると怖かったといっています。彼と取引きをしていた人間の中には、殺されるかも知れないと思ったことがあると、いっているものもいます。あれは、若い頃傷害で捕ったことがあり、それが、今でも、ひょっと、顔を出すんじゃないかと、いっています」

「他には？」

「三年前、本多の家は、火災で焼け、本多は息子の副社長と一緒に焼死したわけですが、それが、放火だったんじゃないかという噂を耳にしました。調べますか？」

「それだ。ぜひ、調べたい」

と、十津川は、いった。

「しかし、練馬警察署も、消防署も、家人の火の不始末という結論を出していますが」

「構わん。噂を集めて、詳しく調べてみてくれ」

と、十津川は、いった。

4

東京では、十津川の指示に従って、西本と日下の二人が、聞き込みに走り廻った。

まず、噂の出所だった。

本多家には、通いのお手伝いがいた。

名前は、山田文代。現在、六十二歳である。

彼女が、放火説の出所だった。

彼女は、今、江戸川区内で、小さな駄菓子屋をやっていると聞き、西本たちは、訪ねて行った。

路地の奥にある二坪ほどの小さな駄菓子屋だった。

山田文代は、小柄だが、血色も良く、元気だった。

今までに、こつこつと貯めたお金で、駄菓子屋を始めたのだという。

「なぜ、練馬で、始めなかったんですか？」

西本が、きくと、文代は、

「あそこは、あんまり、いい思い出がありませんからね」

と、いった。

「それは、三年前の火事と、関係があるんですか？」

日下がきく。

「あの火事のとき、みなさん、勝手なことをいってたんですよ。ご主人と息子さんが、酔っ払ったあげく、石油ストーブを蹴倒したんだとか、キッチンのガスをつけたまま寝てしまったんだろうとか、ひどい人になると、父子ゲンカのあげく、息子さんが、かっとして、家に火をつけたんだという人もあったんです」

と、文代は、いった。

「どうしてかな？」

「きっと、あんな豪邸を建てたもんだから、みんな、ねたんでいたんだと思いますよ」

「それで、反対のことをいった？」

「消防の人が聞きに来たんで、あたしは、いったんですよ。本多さんは、あの家に、沢山、骨董品を買い集めていたんです。中には、一つで、一千万円以上するものもあると、おっしゃいました。それに、お宅自体、木造だから、火事には、とても気をつけていらっしゃいました。副社長の息子さんにも、あたしにも、火事は起こすなと、厳しくいってたんです。そんな人が、不始末で火事を起こすなんて、とても考えられませんて」

「本多さんと息子さんは、その夜、酔っ払っていたという話も聞いたんですが」

「お二人とも、お酒は好きでしたよ。でも、とても強くて、あたしは、お二人が泥酔したのを見たことはないです」

「それで、あなたの言葉を信用してくれたんですか？」

「いいえ、誰も」

「消防の人もですか？」

「ええ。それどころか、あたしの悪口をいう人が、いっぱいいて、それで、ここへ越して来たんです」

と、文代は、いった。

「どんな悪口ですか？」

「誰かに、金を貰ってそんなことをいってるんじゃないかとか、本当は、あたしが放火したんじゃないかとか、ひどいことばかりでしたよ」

「本多さんの娘さんのことですが」

と、日下がいうと、文代は、

「正直にいって、あかりさんのことは、よく知らないんですよ。あかりさんは、お父さんと意見が合わず、ずっと離れて生活していらっしゃいましたからね。ですから、本多社長に、娘さんのいることを知らなかった方も多いんじゃありませんか」

と、いった。

「それは、あかりさんが、父親の生き方を嫌がっていたからですか？」

「そういうことは知りませんけど、あたしは、五年間、本多社長の家の仕事をやらせて頂きましたけど、その間、あかりさんを、お見かけしたのは、二、三度ですよ」

「そのあかりさんが、今、テレビに出ているのを知っていますか？　父親と同じように、千姫の子孫だと名乗って」

「そうなんですってねえ。あたしは、そのテレビを見ていないんですよ」

と、文代は、いった。

「火事のことに戻りますが、今でも、あなたは放火だと思っていますか？」

西本が、もう一度、きいた。

「ええ。今もいいましたように、本多社長さんは、神経質なくらい火に気をつけていたんですよ。そんな人が、火の不始末だなんて変ですよ」

「息子さんの方は、どうなんです？」

「副社長は、大人しい人で、社長のいいなりでしたから、社長が火に気をつけろといえば、その通りにする人でしたよ」

と、文代は、いう。

「放火とすると、あなたは、心当りは、ありますか？」

と、西本が、きいた。

「あたしには、わかりません。でも、社長さんは、事業に成功して、大儲けされていたから、それを、妬む人は、沢山いたと思いますけどねえ」

と、文代は、いった。

西本と日下は、文代の言葉を確かめるために、練馬区内の消防署を訪ねた。

文代が、放火を訴えた消防隊員に会うためだった。

金子という男で、今、副署長になっていた。西本たちが、山田文代の話をすると、金子は笑って、

「あの人の話を信用すると、ひどい目にあいますよ」

と、いった。

「どういうことですか？」

西本が、きく。

「あの人はね、前科があるんですよ。この近くに肉屋があるんですが、ある時、この肉屋の売った牛肉が、腐っているという噂が出たんですが、そのデマの元は、彼女だったんですよ。他にもあります。あの火災の前年ですが、暮れに放火事件が、練馬区内で頻発したことがありましてね。彼女が、犯人を見たといって来たんですよ。身長、体重、顔立ちなど、詳細な証言なので、われわれはすっかり信用してしまったんですよ。ところが、嘘だったんですよ。あの人は、他人をびっくりさせて、喜ぶような癖があるんです。一種の愉快犯ですよ」

と、金子は、いった。

「放火説を否定したのは、そのためだけですか？」

日下が、きいた。

「いや、それだけじゃありません。証人がいるんです」

「証人——ですか？」

「そうです。火事が起きたのは、三年前の二月七日の午前二時頃なんですが、実は、その時間に、近くの派出所の野本という巡査長が、警邏に廻っていたのです。その巡査長の証言です」

「どんな証言ですか？」

「その頃空巣被害が多いので、彼は、自転車で、警邏に廻っていたんですが、本多邸の前に来ると、家の中から、大声がした。それで何かあったのではないかと思い、外から声をかけたんだそうです。そうしたら、二階の窓が開いて、本多さんが、顔を出したそうです。相当、酔っ払っていて、嬉しいことがあったから、息子と二人で祝杯をあげているんだといわれたそうです。それで、野本巡査長は、余計なこととは思ったが、風が強いので、火事に注意して下さいと、声をかけたら、下らん心配をするな、うるさいと、怒鳴られたそうです。その直後に、火が出たというのです。それで、巡査長は、やっぱりと思ったそうです」

「なるほど。その野本巡査長ですが、今も、練馬署内にいるんですか？」

「それは、聞いていませんが」

と、相手は、いった。

「本多邸の焼け跡ですが、一応、調べられたわけですね」

「ええ。練馬署の方と一緒に、火災原因について調べ、報告書は出してあります」

と、金子は、いった。

「それで、火災原因は？」

「いくつかの原因が重なっています。第一は、古い木造家屋だったこと、第二は強風、第三は暖房に石油ストーブを使い、灯油が大量に買い込まれていたことですね」

「床暖房じゃなかったんですか？」

「どうも、大金を投じて、沢山の骨董品を買っておられたので、床暖房にすると、そうした品物が、傷んでしまうと、考えられていたようです」

「出火場所は、何処だったんですか？」

「最初は、キッチンかなと思ったんですが、二階の居間が一番焼けていることがわかりました。それに、焼けた鍋や徳利の破片などが、見つかりました。それで、本多さん父子は、何か祝いごとがあって、深夜二階の居間で、二人で祝杯をあげていたのではないかと思うようになりました。警邏の巡査長が声をかけ、二階の窓を開けて本多さんが顔を出したのは、この時だと思います。多分、そのあと、鍋をかけたまま、泥酔して寝てしまったのか、或いは、酔って、鍋か石油ストーブを、蹴飛ばしたのか。そんなことで、火事になったと思っています。本多さんと息子さんは、一緒に亡くなっていましたから、二階の居間が炎に包まれ、二人は一階へ逃げたが、そこで息絶えたんだと思いますね」

と、金子は、いった。

西本と日下は、三年前のこの火事について書かれた新聞記事にも、眼を通した。

二月七日の夕刊だった。

〈強風下　練馬の豪邸が全焼　二人の焼死体発見される〉

それが、見出しだった。

記事の方は、西本と日下が聞いたことと、ほぼ同じだった。

〈二月七日の午前二時頃、練馬区×町×丁目の本多清純さん宅から出火、折からの強風に煽（あお）られ、三百坪の豪邸を全焼し、一時間後に鎮火した。

焼け跡から、二人の男性の死体が発見されたが、本多清純さん（六十五歳）と、長男の清太郎さん（三十二歳）と見られている。〉

焼ける前の豪邸の写真ものっていた。

翌二月八日の朝刊になると、もう少し詳しい記事になっていた。

〈焼死した本多清純さんは、リサイクル事業で成功した人物で、郷里の福島から武家屋敷を移築して自宅として住み、また、骨董品の収集の趣味でも知られていた。焼けた自宅には、総額で、二億円とも三億円ともいわれる骨董品があったといわれている。〉

ただ、記事の何処にも、娘の本多あかりのことは、出ていなかった。

それだけではない。

葬儀は、九日の午後一時からとなっていたが、喪主(もしゅ)は、娘のあかりではなく、いとこに当る花岡康治(はなおかやすはる)(五十歳)の名前になっていた。

花岡は、N大の助教授となっている。

西本と日下の二人は、この花岡にも、会ってみることにした。

二人は、N大に行き、長身の、フランス文学の助教授に会った。

キャンパスのティ・ルームで話を聞いた。

「三年前の葬儀のことですが」

と、一瞬、花岡は、遠くを見るような眼になって、

「そうだ。私が、喪主をやったんだ」

「なぜ、娘の本多あかりさんじゃなかったんですか？」

と、西本が、きいた。

「私も、娘のあかりが、当然喪主として、父親の葬儀に出席すると思っていましたよ。ところが、居なくなってしまったんです」

「居なくなったって、どういうことですか？」

「言葉通りですよ。渋谷のマンションにもいないし、友人なんかに聞いても誰も行方を知らないんです。それで、みんな困ってしまって、私に喪主をやれということになったんです」

「葬儀のあと、彼女に会いましたか？」

「一年後に、姫路で会いましたよ」

と、花岡は、いった。

「その前には、会わなかったんですか？」

「ええ」

「しかし、いろいろと後始末があったでしょうに、遺産のこととか」

「それは全部、彼女の弁護士が、東京にやって来てすませたんです」

「一年後に、姫路で会った？」

「ええ。たまたま向うに行く用があったので、訪ねてみたんです」

「その時、彼女は、どんな具合でした？」

「元気で、向うで、コーディネイターみたいな仕事をしていると、いっていましたね」

「最近、彼女が、テレビに出て、千姫の子孫と名乗っているのを、ご存知ですか？」

と、西本は、きいた。

花岡は、苦笑して、

「あのテレビは、見ましたよ」

「どう思いました？」

「驚きましたね。私は、彼女が、父親が本多正純の子孫だといったり、ホンモノかニセモノかわからない骨董品に、二億も三億もの大金を注ぎ込むことに、反撥して、絶縁状態になっていたものとばかり思っていましたからねえ」

「反撥していた父親と同じことをしていることは、どう思いますか？」

と、西本が、きいた。

「どう考えたらいいんですかねえ」

と、花岡は、学者らしく、慎重に考えてから、

「ひょっとすると、彼女は、自分が父親に似ているから反撥していたのかも知れませんね。

そんな重石（おもし）が消えたので、彼女の地が出たんじゃないか。そんな風にも考えますね」

「血は、争えないということですか？」

日下がいうと、花岡は肯いて、

「そういういい方も出来ますね」

と、いった。

5

十津川と亀井は、京都から姫路に、レンタ・カーを飛ばした。

東京のホテルで、女性社長の南条圭子が殺された時、本多あかりは車で、京都へ行っていたといった。

二人の刑事は、その逆のコースを車で姫路へ向ってみたのである。

十津川は、車の中から本多あかりに、電話をかけた。

あかりは、十津川たちが、まだ姫路に着いていないと聞いてから、

「駅前のHホテルのティ・ルームで、お会いしたいと思います」

と、いった。

二人がホテルに着くと、彼女は、先に来て待っていた。

今日は和服でなく、革のジャケットに、革のタイトスカートというスタイルだった。

「ここのお店は、ブルーマウンテンがおすすめです」

と、あかりは、微笑していった。

「じゃあ、私たちも、それを頼みましょう」

と、十津川は、いった。

十津川は、そのコーヒーの香りを楽しんでから、

「三年前に亡くなった本多清純さんのことを、聞きましたよ」

と、話しかけた。

「ええ」

と、あかりは、短かく肯く。十津川が、何をいうのか、それを注意深く見ている感じだった。

「面白い方だったようですね」

「そうでしょうか？」

「自分は本多正純の末裔だといい、本多正純にまつわる骨董品を集め、その上、郷里の会津若松から、現存する武家屋敷を、わざわざ、練馬区に移築して住んでいた。変っていま

すよ」

「――――」

「今、あなたは、亡くなったお父さんと同じことをしていらっしゃる」

「そうでしょうか？」

「千姫の末裔だと名乗り、千姫の打かけや懐剣をテレビに出していらっしゃる。私には、全く、同じに見えますがねえ」

「血は争えないと、思っていらっしゃるんでしょう？」

と、あかりは、笑った。

「どういう気分なのか、お聞きしたいんですよ」

と、十津川は、いった。

「正直にいって、最初、そんな父の生き方が、バカバカしくて、嫌だったんです。俗っぽくて」

「ええ。それは聞きました」

「父が、亡くなってしばらくしてから、人間って自分のルーツを知りたくなるものだとわかって来たんです。今の世の中って、夢がないじゃありませんか。見せかけの平等社会というのが、一番、我慢がならないんです。私が好きなのは、貴族社会」

「それで、千姫ですか」

と、亀井が、いった。

「本当に私は、千姫の子孫かも知れませんよ」

あかりが、ニッコリ笑う。

その笑いの意味が、十津川には、わからなかった。わかったのは無邪気に、笑っているのではないということだけだった。

十津川は、話題を変えた。

「京都の愛宕念仏寺に行って来ました」

と、いうと、あかりは、

「存じています」

と、いった。

「なぜ、知っているんです？」

「あの寺のご住職が、電話で知らせてくれました。東京の刑事さんが二人来て、あなたが奉納した羅漢さんを見て行ったといってましたわ」

「なるほど、あの住職が知らせましたか」

「ええ」

「あの石仏は、お父さんでしょう？」

「ええ」

「あなたが自分で、彫られたんですか？」

「ええ。他人の手は借りたくなくて。素人の彫ったものだから、不細工だったでしょう」

「いや。なかなか、いい表情をしていましたよ。しかし、なぜあんな悲しそうな表情を彫ったんですか？」

「私の思い出の中の父は、いつも、あんな表情でしたから」

と、あかりは、いった。

「あの石仏を奉納してから、何度もあの寺に行っているみたいですね」

「ええ」

「いつも、あの石仏の前で、どんなことを話しかけているんですか？」

と、十津川は、きいた。

「何にも」

「何にも——ですか？」

「ええ。何にも」

と、いって、あかりは、また、笑った。

第五章　語れ千姫

1

本多あかりが、田之上のインタビューを受けると聞いて、十津川は、考えた。

田之上は、辛辣な批評家で知られていた。五十歳の彼が、インタビューする一時間のテレビ番組「田之上章介の一時間」は、人気はあったが、辞退する人間も多かった。

田之上が、相手の一番弱い点を、執拗に突いてくるので、それを嫌がってだった。

田之上自身、自分を「意地悪人間だよ」と、いう。

本多あかりが、千姫の子孫だと自称している言葉を、田之上が信じているとは、とても思えなかった。

インタビューになれば、田之上は容赦なく、本多あかりの化の皮を剝ごうとするだろう。

彼女にも、それはわかっている筈なのだ。それなのに、なぜ、今、彼女は、田之上のインタビューを受ける気になったのだろう？

金のためとは思えなかった。

NNテレビの「田之上章介の一時間」は、視聴率はいいが、タレントでもない本多あかりに、高い出演料を払うとは思えなかった。

それに、彼女が金に困っているとも思えなかった。

何といっても、本多あかりは、資産家の娘なのだ。父親の邸は全焼したが、遺産はあかりが引き継いだ筈である。

それなら、自分が傷つくと知っていて、今、なぜ、田之上のインタビューを受けるのか？

この番組は、今どき珍しく、録画ではない。NNテレビのガラス張りの部屋の中で、観客に見守られながら、インタビューを受けるのである。

そのため、インタビューなれした政治家でも、つい焦って、本音を洩らしてしまう。それを期待しての人気もあった。

亀井も、十津川と同じ疑問を感じていたらしく、

「わかりませんね。本多あかりの気持が」

と、十津川に、いった。

「まさか、開運鑑定団のテレビに出て病みつきになり、どんな番組でもいいと、思ったんじゃないでしょうね」

「そんな女には、見えないよ。もっと、計算する女だ」

と、十津川は、いった。

「しかし、田之上の番組に出て、どんなトクがあるんでしょう？　田之上に、めちゃめちゃに、やられるかも知れませんよ」

亀井が、いった。

「田之上の奥さんは、確か、女優だったね」

「そうです。美人女優の上野江美子だったと思います」

「思い出したよ。彼女は、田之上のインタビュー番組に出たあと、二十歳年上の彼と結婚したんだ」

「そうでしたね。私は、彼女のファンだったので、ショックでしたよ。二十歳も年上で、その上、三度目の結婚だという男と結婚したんですから」

「つまり、田之上という男は、自分が気に入った女性へのインタビューでは、意外に優しいということじゃないのかな」

と、十津川は、いった。

「本多あかりは、それに期待して、田之上のインタビューを受ける気になったということですか」

「もちろん、何か必要があって、インタビューを受けるんだとは思うがね」

と、十津川は、いった。

問題のテレビを、十津川と亀井は、捜査本部で見た。

渋谷のK会館ビルの一階にあるNNテレビの「タイムエリア」からの放送だった。

二百人の観客の前でのインタビューである。

田之上が、いつものラフな恰好で現われ、

「今日も、美しいお客様を肴に、一時間を楽しみましょう」

と、いい、本多あかりを、招じ入れた。

あかりは、和服姿で、やや頬を紅潮させてはいるが、不安気な感じはなかった。

「本多あかりさんは、ご自分を千姫の末裔だといっていらっしゃいます」

と、田之上が、いう。

「いえ。私が、ただいっているだけではなく、間違いなく私は、千姫の末裔です」

あかりは、微笑した。が、口調はきっぱりしたものだった。

田之上は、苦笑して、

「その確信は、何処から来るんですかねえ。千姫の史実でわかっているのは、大坂城落城のあと、桑名藩主の本多忠政の子息本多平八郎忠刻と一緒になったことでしょう。その後千姫は、一男一女を儲けているから、この子孫ということになりますね。息子の幸千代は三歳で病死し、唯一の娘の勝姫は、岡山藩主の池田光政に嫁いでいるから、この勝姫の子孫ということになってくる。この線を追っていくと、あなたにならないと専門家は、いっていますがね」

「それは、歴史に書かれていることだと思います」

「しかし、歴史的事実ですよ」

「歴史は、事実とは必ずしも一致しないでしょう。歴史というのは誰かが書くもので、その人の意志もあるし、全てを知っていて書くものでもありませんわ」

「それで、あかりさんは、何をいいたいんです？」

田之上は、ちょっと眉を寄せた。こしゃくなと思ったのかも知れない。

しかし、あかりは、平気な顔で、

「私は隠された歴史というのを考えるんです。何かの理由があって、人為的に歴史上から消された事実というものが、いつの時代でもあると思うんです」

「千姫の生涯にも、それがあると思うわけですか？」

「ええ」

「どんな事実が、意図的に消されたと——？」

「千姫は、秀頼の妻でした」

「ええ」

「大坂城が落城し、秀頼は自害して豊臣家は亡びました。千姫は脱出し、その後、田之上先生のいわれたように、桑名藩主本多忠政の息子の本多平八郎忠刻と再婚しました。これが、歴史に書かれた事実ということでしょう。でも本当は、千姫が落城寸前の大坂城から脱出した時、彼女は秀頼の子を、身籠っていたんです」

あかりがいうと、田之上は、また苦笑して、

「それは、話としては面白いが、どうやって証明できるんですか？　事実というのは、証明できて、初めて歴史になるんですよ」

「千姫が脱出した時、まだ、家康は生きていた筈ですわ」

「ええ。それで？」

「家康、それに、秀忠が、一番心配したのは、豊臣家の血筋が残るかどうかということだったと思うのです。だから、千姫が秀頼の子を宿しているかどうか、それは、調べたと思うのに、そのことを書いたものが見つからないんです」

「それは、当然、調べたと思いますよ。だから、千姫は、いったん、江戸に帰されているんです。その途中、桑名で、本多平八郎忠刻に見染められたことになっています。しかし、あなたが言う、この時、千姫が秀頼の子を身籠っていたという証拠は、どこからも出てきませんがね」

「だから、なおさら、私はおかしいと思うんです。豊臣家が滅亡してから、千姫は美男の本多平八郎忠刻と結ばれて、やたらに目出たい話になっていますけど、そこに私は作為を感じるんです。私は、江戸に帰った千姫が、身籠っていた秀頼の子を、家康か秀忠の命令で、処置したのではないかと思うんです。だから、わざと、何も書かれなかった」

「つまり、千姫が、その時、子供を産んだといいたいんですね？　自分はその末裔に当ると？」

「ええ。その後、男の子が生れていたら、きっと、殺されていたと思います。豊臣家の血筋を受けた男の子ですものね。幸か不幸か、女の子だったので、助かったと思っているんです」

「そのあと、どう脚色するんですか？」

「その女の子は、内密の中に、本多新之介という、当時、徳川家の旗本の一人だった武士の家に、預けられたのです」

「旗本の一人ですか？」

「ええ。禄高百二十石の旗本で、妻の千代との間に子供がなかったので、預けられたのだと思っています」

「その女の子の名前もわかっているんでしょうね？　まさか秀頼と千姫の間に生れたから、頼姫なんて、いうんじゃないでしょうね」

田之上が、笑っていった。全く、あかりの話を信用していない顔だった。

あかりは笑って、

「身元を隠そうとしているのに、わざわざ、そんな名前をつける筈がありませんわ。名前は、夏という平凡なものでした」

「ナツ――ねえ」

「ええ」

「そのあとの千姫の系譜はどうなったんですか？」

「この本多家は、幕末まで続きました。本多新之介の時、夏を養女に迎えたというか、預けられたというか、そのあと、子供が出来ませんでしたので、養子を迎えています。幕末には五百石まで加増されていますが、別に大名になったわけではありません」

「今、あなたがいったことは、どうして証明できるんですか？」

「この本多家に、代々伝わる文書があるんです。それは、この時の新之介が書いたものといわれていますが、それは『わが家に面白き話、伝わりあり候』という言葉で始まっているんです。本当のことは書けないが、何とか、書き残しておきたい。それで、譬え話というか、お伽話というか、咎められない形式の書き方をしているんです。それでも、読む人が読めば、千姫の娘を、家康の命令で、養女にしたことがわかるんです」

「その文書を見たいものですがねえ」

「焼けました」

「焼けた？　どうして、そんな大事なものを焼いてしまったんですか？」

「三年前、父の家が全焼して、その時、灰になってしまいました。大変残念なんですけど」

と、あかりが、いうと、田之上は、ここから攻勢に出て、

「あなたのお父さんのことを調べましたよ。面白い人だが、いってみれば、ペテン師ですねえ」

と、いった。

2

「ペテン師といって悪ければ、ホラ吹きといってもいい。あなたのお父さん、本多清純さんは、福島の農家の生れで、とても徳川の旗本の家系の出身じゃありませんねえ。つまり、あなたも農家の出身だということになってくる。本多さんは東京へ出て来て、あれこれやったあと、リサイクル事業で成功し、大きな財産を作ったが、そのあとが面白い。急に、自分は本多正純の子孫だといい出した。徳川家譜代の大名の本多家の一つですよ。あなたは、よく似ている。これは明らかに、妄想ですよ。農家の出身だっていいじゃないか。農は国の基本だといいますからねえ。ところが、貧農の生れだと、それを恥しいと思ってしまう。これは士農工商という古い秩序が現代でも、生き残っているんですかね。自分のことを、どん百姓とかいってしまう。それで、自分は本当は違うのだという空想に逃げる。あなたのお父さんが、その典型ですね」

田之上は、一気呵成にいい、あかりが、何かいいかけるのを押さえ込んで、続けていく。

「つまり、出生を変えようとする。どん百姓といわれたが、本当は、由緒ある武士の家の生れなのだという論理ですよ。そこでまず、金の力で生れ故郷の福島から、武家屋敷を移しかえてそこに住む。そのあと、同じ本多姓の武士を探して、本多正純に行き当り、こちらも金の力で、強引に本多正純の子孫だという幻想をつくりあげてしまった。話では、そのために億単位の金を使ったそうじゃありませんか。そして、その娘のあなたは、今度は千姫の子孫だという。どちらも、明らかに、一種の病気といっていいんじゃないかな」

そこで、コマーシャルになった。

「田之上らしくなりましたね」

と、亀井が、いった。

十津川は、煙草をくわえて、火をつける。

「このままだと、本多あかりはやられるな。千姫の子孫だという証拠は何もないんだから」

「田之上は、例によって、ねちねち、攻めていきますかね」

亀井も、いう。

CMタイムが、終った。

「今、あかりさんが、亡くなったお父さんのことを話したいというので、聞くことにしましょう」

と、田之上が、いった。

(何かおかしいぞ)

十津川が、テレビ画面に向かって呟やいた。

CMタイム前の田之上と、今の田之上の様子が、がらりと変って見えたからである。CMタイム前の田之上は攻撃的で、あかりを一挙に叩きのめそうという感じがあったのに、変に優しくなってしまっているのである。

「父の名前は、本多清純です」

あかりが、いうと、田之上は、

「ああ、徳川家の譜代の本多正純に合わせた名前ですね」

と、あかりの言葉を補足するようないい方をする。

「田之上さんのいう通り福島の貧農の家に生れ、何とか儲けようと上京しています。そして苦労したあげく、リサイクル事業で大儲けをしました。何十億という資産が出来ました。そのあと、父は自分のルーツを調べ始めたんです。福島の農家に生れたが、その前はどうだったのかと調べていって、本多正純という名前にぶつかったんだと思います」

と、あかりは、いった。

いつもの田之上なら、皮肉を利かせて、

「ルーツ調べは、はやりですからね。きっと、日本大名総覧でも見て、自分と同じ本多姓の大名を探したんでしょうね」

と、いった言葉を口にするだろう。

ところが、今日の田之上は、真面目くさって、

「ぜひ、その話を伺いたいですね」

と、肯くばかりだった。

コメンテイターというより、話の進行係に見えた。

「ありがとうございます」

と、あかりは、いってから、

「必要になって、本多正純のことを調べたんです。私は、そんな父の姿が嫌で、高校を出るとすぐ、家を出てしまったんです。生れがどうだっていいじゃないかと、思ったんです。ただ、私が生れた村には郷土誌があって、それによると、私の本多家は、他所から入って来て百姓を始めたと書かれているんです。何処から、いつ、来たかも書いてありませんでしたが、父はその郷土誌にすがりついたんだと思います。私の家は村の中でも孤立していて、いわば村八分の形になっていたんです。祖父の代も、その前もです。郷土誌にあった、他所から来たという話に関係があるのだと思っていました。父は、そのこともずっと心にあって、自分のルーツを調べたかったんだと思います」

「村八分になっていたというのは、初耳でしたね」

相変らず、田之上の態度は大人しかった。

「どうも、おかしいですよ」

と、亀井も、いった。

「CMタイムの間に、何かあったとしか思えないな」

十津川が、画面を見ながら、いった。

「お色気で、田之上を搦めとりましたかね？」

「CMタイムだって、二百人の観客が見ているんで、そんなことは不可能だろう」

「でも、何かあったとしか思えませんよ。田之上の態度は、ガラリと変ってしまっていますからね」

「田之上は、完全に、聞き役に廻ってしまってるな」

「私は、何度か、この番組を見ていますが、こんな田之上を見るのは、初めてですよ」

亀井は、首をかしげてしまっている。

テレビ画面では相変らず、あかりが喋っている。

「父は、よくケチだとかいわれていましたが、何かこうと決めると、全財産でも注ぎ込むような人なんです。自分は本多正純の子孫と思い込んでからは、それを証明するために、田之上先生がいったように、億単位のお金を注ぎ込んでいます」

「それで、本多正純の子孫だと、証明されたんですかね？」

「わかりません。私は、十代の時に家を出てしまっていましたから」

と、あかりは、いってから、

「あの火事がなかったら、証明できていたかも知れません」

「残念でしたね」

「あの火事は放火で、父は兄と一緒に殺されたんだと思っています」

突然、あかりが、そんなことをいった。

ナマ番組でなかったら、多分、この言葉はカットされていただろう。

田之上も、さすがに、険しい眼になって、

「そんなことを、軽々しくいっていいんですか？」

「私は、事実をいっているんです」

あかりは、きっぱりと、いった。

それまで、観客は拍手したり、笑い声を立てたりして見ていたのだが、思わぬ事態になって、しーんとしてしまった。

番組を担当しているADなどの表情はわからないが、当惑しているに違いなかった。

田之上は、急に態勢を立て直した。

「面白い。三年前の火事について、話し合いたくなった。私の知ってる限りでは、焼死した本多さん父子の失火ということになっていますが、あかりさんは、そうではないと思うんですね？」

「ええ。あれは放火殺人です」

「娘として、そう思いたいだけなんじゃありませんか？」

「いいえ。放火だということは、わかっているんです」

と、あかりは、いった。

「まるで、放火犯を知ってるみたいないい方ですね」

「知っています」

あかりが、きっぱりと、いった。

「テレビで、その名前をいってくれとはいえませんが、個人名も知っているということですね？」

田之上が、念を押す。

「ええ。知っています」

「名前は、聞けないですが、動機はいえますか？　なぜ、放火殺人が行われたのか？」

「お金です」

「どんなお金ですか？」

「それこそ、億単位のお金ですわ。今は、それしかいえませんけど、もし犯人がこのテレビを見ていたら、きっと私が何をいいたいか、わかると思います」

と、あかりは、いった。

ここで、二回目のＣＭタイムになった。

十津川と亀井は、意外な展開に驚くと共に、強い関心を持って、テレビを見つめた。

しかし、ＣＭタイムが終り番組が再開されると、今度は田之上が、誰でも知っているような千姫物語を口にし、あかりの方も、観光案内のような姫路城の話を始めた。

明らかに、ＣＭタイムに、ＡＤが二人に注意したに違いなかった。

番組は、そのまま、竜頭蛇尾（りゅうとうだび）の感じで終ってしまった。

「どういうことだろう？」

十津川は、亀井を見て、いった。

自然に、新しい煙草に火をつけていた。

「今の番組のことですか？」

「いや、あかりが、突然、三年前の父親と兄の死を放火だといったことだよ。放火殺人だといい、犯人を知っているといった。なぜ、あんなことをいったんだろう？」

「私には、ひょっと何気なく、いったようには見えませんでしたが」

「その点は同感だ。ずっと心に溜めていたものを、あの番組で吐き出す気だったとしか思えないな」

「三年前の練馬の火事ですが」

「失火説だったね」

「そうです。当初は放火説もあったんですが、問題の夜、警邏に廻っていた巡査長の証言が、決め手になりました」

「火事の直前、本多父子が酔っ払って騒いでいるのを、巡査長が目撃していたんだったね」

「そうです。泥酔して、石油ストーブを蹴倒し、それが火事の原因だということになったんです」

「それでも、娘のあかりは、放火だと思っている」

「娘としたら、父親と兄が、泥酔の揚句、焼け死んだとは思いたくないんだと思いますが」

「それだけかな？」

「と、いいますと？」

「明日、まず、田之上に、会ってみたいな」

と、十津川は、いった。

3

翌日、二人は、三軒茶屋(さんげんぢゃや)のマンションに、田之上を訪ねて行った。

田之上は、最近、再々婚した若い妻と一緒に暮していた。

その彼女が二人の刑事に、コーヒーを出してくれた。

「昨日のあの番組の件で、いらっしゃったんでしょう?」

と、田之上は、笑いながら、いった。

「実は、二人で、あの番組を見ていました」

と、十津川は、いった。

「もちろんボクじゃなく、本多あかりさんに関心があってでしょうね」

「何しろ、彼女の周辺で、殺人事件が起きていますのでね」

「その殺人事件に、彼女が関係しているんですか?」

と、田之上が、きく。

「それがわからなくて、困っているんです。それで、あの番組を見ていたんですが、途中で彼女の態度が変りましたね。それに失礼ですが、田之上さんの態度も変ったと思いました。一回目のCMタイムの後です」

十津川が、いうと、田之上は、肯いて、

「やはり、わかりましたか」

「何かあったんですか？　CMタイムに」

「してやられたんですよ、彼女に」

と、田之上は、いった。

「何か、彼女がいったんですか？」

「番組に入る前、ボクは本多あかりについて、あまり、いい感じは持ってなかったんです。テレビで見ると、確かに美人だが、千姫の末裔なんて嘘に決ってますからねえ。ちょっと、からかってやろうという気でしたよ」

田之上が、いう。

「CMタイム前は、確かに、そんな感じで進行していましたね」

と、十津川は、いった。

「まあ、そうなんですよ。CMタイムになった時、彼女が何をしたと思います？」

「何をしたんですか？」

「いきなり、胸元から懐剣を取り出して、テーブルの上に置いたんですよ。微笑みながらね」

と、田之上は、いった。

「ああ、千姫が、大坂城落城の時、持っていたという懐剣ですね」

「そうですよ。無銘伝正宗といわれた懐剣ですよ。ボクもニコニコして、ああ、あの懐剣ですねと、いいましたよ」

「それから、どうなったんですか？」

「彼女は、ボクに向って、小声で、こういったんですよ。私は、この懐剣を使って自害する覚悟で、ここへ来たというんですよ」

「冗談で？」

「ボクも、冗談だと思いましたよ。しかし、彼女は、ぜんぜん笑ってないんですよ。真剣だとすぐわかりました」

「それで、どうしたんですか？」

「ナマ番組ですからね、中止するわけにはいかないんですよ。それで、ＡＤに合図して、どうして欲しいんだと聞きましたよ。もちろん小声でね」

「彼女は、何といったんです？」

「ＣＭが終ったら、私のいいたいことをいわせて下さい、その邪魔はしないでくれと、いいました。さもなければ、この懐剣で自害するとですよ」

田之上は、小さく溜息をついた。

「結局、彼女のいうことを聞いたんですね？」

「彼女は、ナマ番組の弱点をうまく利用したんだと思いますよ。放送内容を訂正できないし、急に、他の番組に変更できないということをね」

「それで、彼女のいうことを受け入れたんですね？」

「仕方がありませんよ。眼の前で若い女が、懐剣で自害するのを見たくありませんからね」

田之上は、いまいましげにいった。

「それで、CMタイムのあと、あなたが、やたらに肯き始めた理由がわかりました」

「ところが、その中に、あの女は、突然、三年前の火事が放火で、自分の父親と兄は殺されたんだといい出したんですよ。その上、犯人を知っているともですよ」

「ええ。聞きました」

「ナマ番組だから、止められないんですよ」

「わかります」

「二回目のCMタイムになって、ADが飛び出して来ましたよ。彼女が、このまま続けたら、放送を打ち切るより仕方がないといいましてね。やっと、放火の話を止めたんです」

「それも、見ていました。放送のあと、本多あかりは、どうしました？」

「ボクもさすがに腹が立って、終ったあと怒鳴りつけましたよ。そうしたら、申しわけありませんと、頭を下げましたがね」

「他に、何か、いっていませんでしたか？」

と、亀井が、きいた。

「最初から、ボクの番組を利用するつもりだったんだろうときいたら、そうだと肯いていましたね。あと、本当に懐剣で自害するつもりだったのかと聞いたら、本気だったといってましたね。嘘とは思えなかった」

「つまり、彼女は、父親のことと、放火と、放火犯人のことを、自害覚悟でテレビで、語ったというわけですね？」

と、十津川は、いった。

田之上は、苦笑して、

「そうですね。それに、ボクは利用されたということです。美人は怖い」

「それで、彼女は放火犯人の名前を、あなたにいったんですか？」

十津川が、きいた。

「いいませんでしたね。ボクには教えたくないらしい」

と、田之上は、いった。

「彼女が、今、何処にいるかわかりますか？　何処で、何をしているか？」

「わかりませんが、姫路に帰るといっていましたね。今なら最終の新幹線に間に合うから

と、いって」

「姫路にですか」

「ボクは、今夜は都内のホテルに泊って、ゆっくり帰ったらといったんです。テレビ局も、

彼女のためにホテルを用意していましたからね。ところが彼女は、人が姫路に来るかも知

れないので、向うで待たなければいけませんといって、帰って行ったんですよ」

「姫路で、人を待つ？　そういったんですか？」

「ええ。余程(よほど)、大切な人なんでしょうね」

田之上は、また、いまいましげな顔をした。

4

十津川は、すぐ、捜査会議を開いて貰った。

「これは、連続殺人事件です」

十津川は、三上本部長にいった。

「犯人は？　被害者は？」

三上が、きく。

「犯人は、姫路に住む本多あかりです。被害者は、彼女がテレビで、千姫の子孫だといったり、千姫の打かけとか、懐剣とかを見せたりしたときに誘われて、あかりに近づいた人間です」

と、十津川は、いった。

彼は、その人間の名前を黒板に書いていった。

○白石　真一　四十歳　イタリア料理店を十五軒経営
○高橋圭一郎　四十八歳　ＴＫ興業社長
　　　　　　　　　　　　東京に三店の風俗店経営
○南条　圭子　四十二歳　宝石店経営　独身

「この男女です」

と、十津川は、三上に、いった。

「しかし、彼等は本多あかりに会って、千姫の打かけや懐剣が欲しかった。買おうとしただけだろう。それで、なぜ殺されるんだ？」

三上本部長が、きいた。

「それは、まだわかりませんが、三年前の火事に関係があると、思っています」

「じゃあ、その火事を、もう一度、調べてみろ」

と、三上は、いう。

「直ちに、調べ直します。それと――」

「それと、何だ？」

「殺された男女についても、詳しく調べ直してみたいと思っています」

と、十津川は、いった。

「君は、本多あかりが犯人だといったね？」

「証拠はありませんが」

「若い女の本多あかりに、こんな海千山千の男女を簡単に殺せるだろうかね？」

三上が、首をかしげて、いった。

「普通なら無理でしょう。しかし、ある状況下でなら、可能です」

と、十津川は、いった。

「どんな状況だ？」

「男たちは、本多あかりの美しさに参ってしまっている状況です」

「女実業家は？　女だから、本多あかりの色気に参ったりはしないだろう？」

「彼女の場合は、多分、欲だと思います」

と、十津川は、いった。

「欲？　彼女は、金持ちだろう。何の欲があるんだね？」

「それも、調べてみます」

と、十津川は、いった。

捜査会議で、三年前の火事のことと、黒板に書かれた男女について、もう一度、調べ直すことが決められた。

翌日から、その捜査が開始された。

一番困難なのは、三年前の火事のことだった。何しろ、三年も前のことで本多父子の焼死体は、すでに荼毘（だび）に付されてしまっていたし、焼け跡は、更地（さらち）になってしまっていた。

その上、警察署と、消防署が、失火と決めたことである。それについて、疑問を持つこと自体、難しかったのだ。

それよりは、殺された男女の再捜査の方が、楽だった。

まず、白石真一の件だった。

この事件については、西本と日下が、捜査に当った。

十津川は、二人に向って、

「殺された時点での被害者、白石真一についても調べてもらいたいが、三年前の白石真一についても調べてもらいたいんだよ。三年前に、彼が、どんな状態で、何をしていたかが、知りたいからね」

と、いった。

「三年前というと、火事の時ですね」

西本が、確認するように、いった。

「そうだ」

と、だけ、十津川は、いった。

二人目の高橋圭一郎は、姫路で殺されたため、兵庫県警との協力が必要だったので、これは亀井が当った。

三人目の南条圭子の捜査には、三田村と北条早苗の二人が当った。

最初に、西本と日下が、十津川に報告した。

「三年前の白石真一の経済状態ですが、現在、十五店あるイタリア料理の店が、その時は一店だけで、もう一店、新規開店の予定といった状況だったようです」

と、西本は、いった。

「すると、現在より、かなり規模は小さかったんだな」

「そうです。この三年で、急激に大きくなったように思います」

「その頃から、白石には骨董趣味があったのかね？」

「あったようです。その頃からのつき合いという骨董店の主人もいましたから。ただし、その頃は金もないので、そんなに高いものは購入していませんが」

と、日下が、いった。

高橋圭一郎については、亀井が一人で調べて、十津川に知らせた。

「彼のやっていたTK興業も、白石真一とだいたい同じですね。苦しい時期があって、三年前はその苦しい時期に当っていたようです。野心だけは盛んだが、資金繰りが苦しいというやつです」

「その頃から、骨董集めはやっていたのかね？」

「やっていたようです。彼の場合は、若い時からららしいです。少しずつ、目利きになっていったんじゃありませんか」

と、亀井は、いった。

続けて、亀井は、

「この件は、兵庫県警にも報告しておきます」

「そうしてくれ。向うの反応も知りたいから」

と、十津川は、いった。

最後に、南条圭子を調べていた三田村と、北条早苗の報告になった。

「彼女の場合も、他の二人とよく似ています。とにかく、最近こそ、よくテレビなんかにも取り上げられて有名になっていますが、これはごく最近のことなのです」

「そういえば、私が、週刊誌で、『日本の女実業家百人』を見たのも、去年の十月だから一年前だ」

「三年前ですが、銀座に宝石店はありましたが、銀行からの借金がかなりあり、高級クラブを始める余裕もなかったと思われます。ですから、二年前以後に、儲かり始めて上げ潮になったんだと思います」

「それで、骨董趣味や、ブランド志向は三年前もあったのかね？」

「それは、あったようですし、それが、上昇志向につながっているんじゃありませんか」

と、三田村は、いった。

「三人とも、よく似ているんだな。三人の間に、何かつながりはないのかね？」

十津川が、亀井や西本たちにも、きいてみた。

「趣味が同じということで、つながりはあったと思いますね。骨董趣味の雑誌にも出ているし、骨董市などで三人が顔を合わせる可能性もある筈です。同じ東京の人間ですから。ただ、それを証明するものが見つかりません」

と、亀井が、いった。

「私は、この三人には、何か強いつながりがある筈だと思うから、その点を、もっと突っ込んで調べて貰いたい」

と、十津川は、注文をつけた。

三年前の二月の火事については、前に、西本と日下が調べたのだが、今回は、田中と片山の二人の刑事が、当ることになった。新しい眼で、本件を見るためだった。

もちろん、西本と日下の話を聞いてから、田中たちは、聞き込みに出かけたのである。

田中と片山が、まず会ったのは、三年前、本多家のお手伝いをしていた山田文代だった。

彼女は、火事があった頃、強く放火説を主張していたといわれる。

「今も、放火だと思っていますか？」

田中が、きくと、文代は大きく肯いて、

「もちろんですよ。本多さんは、お邸の中に、大事な骨董品が一杯あるので、人一倍、火事に気をつけていらっしゃったんです。その方が、酔っ払って、火を出すなんてことは、とても考えられませんよ」

と、いった。

「練馬の消防副署長が、あなたは嘘つきだから、信用できないといっているんですがね。四年前、放火がつづいた時、犯人を間違えて教えたといって」

片山がいうと、文代は、笑って、

「確かに、そんなこともありましたよ。それは、私が見間違えてしまったんです。それはそれで認めますけど、本多さんの件では、絶対に、失火なんてことはありません」

と、いった。

二人の刑事が、もう一人会いたいと思ったのは、当夜、警邏に出ていて、火事の直前、泥酔している本多父子を、家の二階の窓で目撃したと証言した野本という巡査長である。

野本巡査長の証言で、問題の火事は失火になってしまったし、山田文代の証言も、退けられてしまったのだ。

田中と片山は、この野本巡査長を探した。

練馬署に行って聞くと、

「去年の四月に、辞めて郷里に帰りましたよ」

という返事が、あった。

「郷里は、何処ですか？」

田中が、きいた。副署長が調べてくれて、

「青森の八戸になっている」

と、いい、そこの電話番号も教えてくれた。

田中が、そこに電話した。

野本の母親が、出た。

「息子さんの清さんにお聞きしたいことがあるんですが、呼んで貰えませんか」

と、田中が、いった。

「清は、亡くなりましたけど」

と、母親が、訛りの強い声でいった。

「それ、いつですか？」

「去年の七月八日です」

「去年の四月に、そちらに帰られたんですよね？」

「そうです」

「その三ヵ月後に亡くなったんですか？」

「はい」

「おいくつですか？」

「丁度（ちょうど）、三十歳です」

「病死ですか？」

「はい。心臓発作で」

「結婚はされていたんですか？」

「東京から、女の人を連れて来て、こちらで、一緒になるといってたんです。式も決っていたんですけど」

「その直前に、亡くなってしまったんですか？」

「はい」

「相手の女性は、どうしました？」

「東京に帰りましたよ。仕方がありませんけどね」

「その女性の名前と住所は、わかりませんかね？」

と、田中は、きいた。

「ちょっと待って下さい」

と、母親はいい、何か探しているようだったが、

「いいますよ。東京都渋谷区幡ヶ谷×丁目幡ヶ谷パレス410号、羽田しおりです」

と、いった。

電話番号も教えてくれた。

5

今度は、片山が、この番号にかけた。

「羽田ですけど」

という若い女の声が、聞こえた。

「野本清さんのことでお聞きしたいことがあるんですがね」

と、片山がいうと、

「午後四時までなら、話せますけど」

と、相手は、いう。

二人は、すぐ、パトカーを飛ばして、彼女に会いに出かけた。

2DKのマンションだった。

羽田しおりは、六時までに新宿の店へ行かなければならないのだという。そういえば、化粧が濃い。部屋も派手な感じがする。

「野本清さんのことなんですが、青森で、彼と結婚するつもりだったようですね」

「ええ。あの時は、平凡な結婚もいいと思ったのよ。そうしたら、急に死んでしまって」

「東京で、知り合ったんですよね？」

「ええ。あたしが池袋の店で働いていた時、彼が、時々来てた」

「それは、いつ頃のことですか？」

「だいぶ前の話よ。最初は、面白みのないお客だったわ。お巡りさんと聞いて、納得したけど」

「それが、なぜ、結婚する気になったんですか？」

「去年だったわ。突然、結婚してくれないかといわれて、ピアジェの金の腕時計を贈られたのよ。びっくりしたんだけど、その頃、いろいろと面白くないことがあって、クサクサしてたから、平凡な結婚もいいかなと思ってね」

「そのピアジェの腕時計は？」

と、田中がきくと、しおりは、笑って、

「もう売っちゃったわ」

「青森では、結婚寸前だったと聞きましたが」

「ええ」

「よく、母親との同居を受入れましたね？」

「とんでもない。あたしたちは、八戸ではなく青森市内に住むことになってたの」

「新居にですか？」

「ええ。一緒に家を見に行ったわ。それで、その家を契約してほっとした直後に、彼は死んでしまったのよ」

「いくらぐらいの家を買うつもりだったんですか？」

「八千万の新築」

ちょっと自慢げに、しおりは、いった。

「八千万といったら、青森では、豪邸じゃありませんか？」

「そうね。ちょっとした家だったわ」

「それを、契約した？」

「五百万の手付金を払ってね」

「あとは、ローンですか？」

「いえ。彼は、現金で払うといってたわ」

「野本さんの実家は、金持ちなんですか？」

「そうは、見えないわね」

「じゃあ、警察を辞めた退職金かな？」

しおりに、逆にきかれた。

「七年勤めてたっていってたけど、どのくらいの退職金を貰えるの？」

「七年なら、だいたい、月給の七ヵ月分くらいじゃありませんかね」

田中が、いうと、しおりは、眉をひそめて、

「そんなものなの」

「そんなものですよ」

「それじゃあ、あの家は、現金では買えないわね」

「それでも、現金で買うと、いってたんでしょう？」

「そうなの。その時、車も買ったわ。あたしの名義だったから、貰って来たけど」

その車はベンツのE240で、今、地下駐車場にとめてあるという。

「野本さんが、死んだ時のことを話してくれませんか」

と、田中が、いった。

「あの頃、あたしたちは青森市内のホテルに泊っていたの。七月八日は、あたしのバースデイだったのよ。昼少し前に、彼は、ちょっと買い物に行ってくるというのよ。一緒に行

くといったんだけど、楽しみに待っていてくれといわれた。てっきり、バースデイプレゼントを買って来てくれるものと思って、ホテルで待ってたら、三時頃、突然、市内の病院から電話があって、あわてて駈けつけたら、もう亡くなってたのよ。心臓発作で」

「突然だったんだな」

「病院で聞いたら、Sホテルから一一九番があって、救急車が行ったら、そのホテルのロビーで、彼が苦しんでいた。すぐ病院へ運んだけど、間に合わなかったんですって」

「Sホテルには、あんたへのプレゼントを買いに、行ったんだろうか？」

「それが、よくわからないのよ。確かに、ホテルの地下にいろいろな店があるんだけど、そこには、有名ブランドの店はないのよ」

「あんたは、ブランドものが好きみたいですね」

「ええ。大好き」

と、しおりは、笑った。

「すると、野本さんは、何のために、そのホテルに出かけたのかな？」

「わからないわ」

「彼は、ちょっと買い物に行くといっていたんですね？」

「ええ。楽しみに待っていろというから、あたしは、てっきり、宝石かブランドのバッグか何か買って来てくれると思ってたのよ」

「ホテルというのは、普通、泊りに行くところですよね」

「ええ」

「或いは、そこに泊っている人に、会いに行くかなんだが――」

と、片山は、呟やいてから、

「その頃、野本さんは、どのくらい預金があったんですか？」

と、しおりに、きいた。

「あたしに結婚を申し込んだ時は、一千万ちょっとの残高がある預金通帳を見せてくれたわ」

「三十歳にしては、多い方ですね」

「でも、青森で、商売をやるための用意も出来てるといってたわ」

「商売をやる気だったんですね？」

「ええ」

「それに、八千万の家を買う契約をしていたんでしょう？」

「ええ」

「そんな大金は、どうやって都合するつもりだったんでしょうか？」

「わからないわ。でも、あの日は、ニコニコしながら、あたしに楽しみに待っていろと、いってたのよ」

と、しおりは、いう。

(何かある)

と、二人の刑事は、思った。

6

田中と、片山が、そのままを十津川に報告した。

「問題の巡査長は、亡くなっていたのか」

と、十津川は、いい、

「疑問の死だな」

「そうです。十分に疑える話です」

田中が、いった。

「金が、絡んでいるみたいだな」

「そう思います」

と、片山が、肯く。

「三年前の火事の野本巡査長の証言は、金を貰ってのことだったという疑いが？」

亀井が、きく。

「そうなんです。それで、野本に、まず大金が入り、羽田しおりを口説いて、青森で結婚する気にさせたんじゃないかという疑いがあるんです」

「それが、一千万円の預金か」

「七年間の退職金では、二、三百万にしかなりませんから」

と、田中が、いった。

「しかし、それだけじゃあ、青森に八千万円の家を買ったり、何かの商売は、始められないだろう？」

亀井が、いった。

「それで、野本は、また、金を要求したんじゃないかと思うのです。結婚して、新築の家に住み、青森で商売を始めるために、金が要りますからね。それを、彼女の誕生日の七月八日までに持って来てくれと、要求したんじゃないかと思うのです」

田中が、いう。

「脅かされた人間が、去年の七月八日に、青森のSホテルに来て、野本を待っていたということか」

十津川が、いった。

「その人間は、きっと、独りで金を受け取りに来いと、野本にいったんだと思いますね。野本の方はとにかく金を貰って、帰りに彼女へのバースデイプレゼントでも買って帰るつもりでいたんだと思います。だから、出かける時、彼女に楽しみに待っていろといったんでしょう」

田中が、いい、片山は、

「こうなってくると、この日に、野本が心臓発作で死んだというのも怪しくなって来ます」

と、いった。

「殺されたか？」

亀井が、きいた。

「私たちの想像が当っていて、野本が誰かを脅迫して、大金を要求していたとすると、その相手に殺された可能性が強いと思うのです。二回も、大金を要求されたんですから」

と、田中が、いった。

「最初は、一千万円で、二回目は、一億円以上だったかも知れないからね。相手が、殺意を持ったとしてもおかしくないいな」

十津川が、いった。

「薬ですかね」

亀井が、十津川を見る。

「そうだな。突然死とすると、薬を飲まされた可能性が強いな」

「それでだ」

と、亀井が、田中と片山に向うと、

「その時点で、死因に不審を持たれたということはなかったようで、青森県警に問い合せても、病死で、処理されているということでした」

「去年の七月八日じゃあ、もう再調査は無理だな」

「もう茶毘に付されてしまっているし、救急車で運ばれた病院の医師も、病死の死亡診断書を書いているみたいですから」

と、田中は、いった。

南条圭子のことを調べていた三田村と、北条早苗が、一人の男を、連れてきた。

「こちらが、彼女について、面白い話をしてくれます。それも、二、三年前の彼女の話です」

と、三田村が、いった。

七十二、三歳に見えるその男は、「O製薬株式会社会長　塩崎進太郎」の名刺を、十津川に渡した。

「会社では、もう隠居です」

と、塩崎は笑った。

「南条圭子さんを、よく、ご存知なんですか？」

十津川が、きくと、塩崎は、

「私が会った時は、確か、別の名前だったと思うんですがね。今年の初めに会った時に聞いたら、それは別人ですといわれましたよ」

と、苦笑している。

「どんな話なんですか？」

「三年ぐらい前なんだが、正確な日時は覚えておらんのです。会長に退いてから、私は、骨董に凝りましてね。金にあかせて、ずいぶん、集めました。それこそ、玉石混交でね。ところが、そのことが週刊誌に紹介されましてね。ある日、突然女性を含めて三人の人たちが、訪れて来ましてね。その中の一人が、彼女だったんです。しかし、その時は南条じゃなく、別の名前をいったんだが、思い出さんのですよ」

「それで、どうなったんですか？」

「彼女がいうには、自分たちは、骨董仲間で、ぜひ、塩崎さんの収集品を見せてくださいというのです。こちらも、見せたい方だから、どうぞといって、見て貰いました。そうしたら、彼女が、『志野(しの)』の茶碗の前で、立ち止まりましてね。突然、二百万円の札束を取り出して、この茶碗は素晴らしい。ぜひ、二百万で、譲って下さいと頭を下げるんですよ。その茶碗は、私の自慢で、鑑定ずみで、間違いなく二百万の価値のあるものでしたから、私は、すっかり、彼女の眼力を信用してしまいましたよ」

「それで、売ったんですか?」

「あまりにも熱心に、譲って欲しいと頼まれて、根(こん)まけして、譲りました。彼女は嬉しそうに、このお礼は、いつかさせて頂きますといって帰りましたが、数ヵ月後に、同じ三人で、訪れて見えましてね。その節はありがとうございましたといって、今日は、そのお礼になるものを持って来ました、きっと、喜んで頂けると思いますというんですよ」

「何を持って来たんですか?」

「実は、私どもの家系の中に、鎌倉時代の運慶(うんけい)と親しかった者がいるのです。それで私は、どんな小品でもいい、運慶の彫ったものがあれば、買いたいと思っていたんです。それを、なぜか、彼女が知っていましてね。高さ六十センチぐらいの木彫りの仏像を見せて、これは運慶作で、三億円といわれています。自分たちも欲しいが、先日のお礼にお譲りしてもいいというのですよ。その時、彼女たちには鑑定人が、同行していましてね、これは間違いなく、運慶作だというのです」

「それで、買ったんですか？」

「欲しかったですねえ。見たところ、素晴らしい仏像に見えたんですよ。ただどうしても現金でといわれて、あいにく、持ち合せがなくて買いませんでした。その後、彼女たちが来ることはなくなったんですが、最近になって、専門家の人に話したら、それは、新手（あらて）のサギじゃないかといわれましてね。まず骨董好きの金持ちを探して狙いをつける。その人のところに行き、ホンモノの茶碗なり置物を、二、三百万円で、ぜひ、譲ってくれと頼む。相手は、それで信用してしまうわけです。そうしておいて、次は間をおいて、先日のお礼にあなたのために手に入れておきましたといって、何千万、何億円で売りつける。それも、前もって、その金持ちが、欲しがっているものを調べておいて、それを用意する。同行した鑑定人もグルですよといわれました」

と、塩崎は、いった。

「その鑑定人の名前を覚えていますか？」

と、十津川は、きいた。

「確か、西沢（にしざわ）という名前でしたね。ホンモノの免許を持っていましたよ」

と、塩崎は、いった。

「男女三人で、来たんですね？」

「そうです」

「男二人は、この顔じゃありませんか？」

十津川は、白石真一と、高橋圭一郎の写真を見せた。

塩崎は、当惑した顔になった。

「女性が、一人で喋(しゃべ)っていたので、彼女のことはよく覚えているんだが、一緒に来た二人の男性の方ははっきりと覚えておらんのですよ」

と、彼は、いった。

第六章　耐えよ千姫

1

兵庫県警の森田警部を招いて、東京で捜査会議が開かれた。

これは、十津川の発案だった。

議題はもちろん、連続殺人で、容疑者は、本多あかりである。

十津川は、黒板に、三人の被害者の名前を書いた。その下には、それぞれの顔写真が、ピンで留められている。

白石　真一

高橋圭一郎

南条　圭子

「動機は、三年前に亡くなった父親の復讐です」

と、十津川は、いった。

「三年前、父親の本多清純は泥酔した揚句、石油ストーブを蹴倒してしまい、豪邸は全焼し、息子、つまり、あかりの兄と一緒に焼死してしまったといわれています。しかし、その火災については、当時から、疑問が持たれていました。通いのお手伝いは、本多清純は日頃から火事には人一倍気を使っていた。それは、高価な骨董品を沢山、買い求めて、家の中に保管していたからだと、証言しているのです。そんな、本多父子が泥酔して、火事を出すとは信じられないというのです。しかし、その証言は取り上げられませんでした。本多邸の近くの派出所の巡査長の強力な証言があったからです。野本というこの巡査長は、火事があった夜、警邏に廻っていた。丁度、本多邸の前に来たところ、本多父子が泥酔して、大声を出していた、その直後に火事になったと証言しているからです。三年前は、この証言が、重視されて、この火事は失火で、泥酔していた本多父子は逃げおくれて焼死したということで、すまされてしまっているのです。しかし、ここに来て、野本巡査長は、金を貰って嘘の証言をした可能性が強くなって来ました。が、残念ながら、野本巡査長は退職しておりその上、すでに死亡してしまっているのです」

「すると、全て、推測ということになってしまいますね。本多あかりが、連続殺人の容疑者だというのもです」

と、森田が、いった。

十津川は、逆わずに、

「その通りです。これから話すことは、全て推理でしかありません。しかし、三人の男女が、相次いで殺されたことは厳然たる事実です」

「続けたまえ」

と、三上本部長が、いった。

「これは、先の捜査会議でもお話ししたんですが、その後いろいろとわかったことがあり、これは、兵庫県警にも、話に加わって貰うべきだと思い、今日、森田警部に来て頂いたわけです。本多あかりは、千姫の末裔と名乗って、突然テレビに出演しました。その美貌は、千姫の子孫という証(あかし)で、一躍有名になりました。しかし、彼女は、家族については一言も話さず、また、三年前に焼死した父親と兄のことも、噂になりませんでした。これは、あかりが高校を卒業すると同時に家を出てしまい、父娘関係が断絶状態になっていたからだとわれわれは考えました。その後、あかりのまわりで、続けて、三人の男女が殺されました。ここに書いた三人です。三人とも骨董趣味があるので、あかりが、テレビ番組に出した千姫の打かけと懐剣をめぐって、何かがあり殺されたと考え、父親のことは念頭にありませんでした。何しろ、父親の死は三年前ですから。この三人の死で、当然、本多あかりが一番に疑われました。特に、あとの二人、高橋圭一郎と南条圭子は、懐剣と思われる鋭利な刃物で殺されていたので、猶更(なおさら)でした。その上、彼女のアリバイは、はっきりしていませんでした。ただ、その時点で、彼女が犯人だとして、動機がわかりませんでした。今、いいましたように、三年前の父親と兄の焼死は、今回の連続殺人と結びつけて考えることはしませんでしたから、動機が壁になりました。千姫の打かけと懐剣を欲しがる三人と、本多あかりとの間でもめごとがあり、それが、高じて、殺人にまで発展したのではないかと、考えるのが、精一杯でした。しかし、果してそんなことで、殺人にまで発展するだろうかという疑問がわきましたし、白石真一は車ごと焼死してわかりませんでしたが、あとの二人の場合は、殺人現場に、二百万円と五百万円の札束がそのまま放置されていました。金をめぐる争いにしては、不可解でした。つまり、動機の不明さが、捜査の壁になっていたのです」

「それに、マスコミの扱いもあったんじゃないのかね？　特にテレビは、本多あかりのことを女王のように扱っていたからな」

と、三上が、いった。

「それは、彼女の出演で、あの番組の視聴率が上ったからだと思います」

「しかし、番組担当者も、彼女に惚れてしまっていたんじゃないのかね」

「彼女のファンは、ずいぶんいますよ。確かに、そのファンたちの動向が、捜査に影響したことは否定できません」

「美人は、トクだな」

と、三上が、皮肉を口にした。

十津川は、構わずに、

「その後、本多あかりが、急に自分のこと、特に父親のことを、話し始めたのです。三年前の火事のこともです」

「批評家の田之上との対談かね」

「そうです。あの対談ビデオを詳しく見直しました。明らかに、本多あかりが父親のこと、特に、三年前の火事のことを語るために出演したものです。田之上自身いっていますが、あの田之上が、本多あかりに利用され、自分の喋(しゃべ)りたいことを、喋られたというのです。彼女はその対談の中で、三年前の火事は放火で、その犯人も知っていると断言したわけです」

「問題は、今になって、なぜ、そんなことを話したのかだな」

と、三上は、いった。

「その通りです。彼女は頭のいい女ですから、こんなことを話せば、自分が不利になることはよくわかっていると思うのです」

「三人の男女殺しについて、彼女に動機があることを、推測することが可能になるからだろう？」

「そうなんです。三年前の火事が放火で、本多あかりは、明らかに、父と兄が何者かに殺されたといっているんです。しかも、その犯人を知っているという。となれば、彼女は、その復讐をやったのではないかという推理が可能なわけです」

「その危険を承知で、なぜ、本多あかりは、話したんだろう？」

三上が、きいた。

「考えられるのは、二つです」

と、十津川は、いった。

「警察への挑戦ですか」

と、森田が、いった。

十津川は、肯いて、

「挑戦でもあり、怒りでもあると思います。三年前、彼女の父と兄が、何者かに放火され焼死しました。ところが、警察は、派出所の一人の巡査長の証言を信じて、泥酔しての失火と断定してしまったのです。そのことに対する怒りであり、今から、放火、殺人を証明できるかという挑戦でもあると思っています」

「もう一つは？」

と、三上が、きいた。

「本多あかりの周囲で殺された三人。黒板に書いたこの三人ですが、彼女は、この三人が三年前父の住む家に放火し、父と兄を殺したと思い、彼等を殺したことになって来ます。他にも、三人には共犯者がいると思っていますが、本多あかりは、とにかく、三人を殺した。もう死刑はまぬがれないと覚悟を決めているので、真相を知って貰おうとして、田之上に話したのではないかと思うのです」

「田之上と、本多あかりの対談をもとにして、君は、事の真偽を、捜査したんだろう？」

「そうです。本多あかりの言葉が、事実かどうか、捜査しました。三年前の火事に、疑問があることはわかりました。今、いいましたように、野本巡査長の証言について、偽証の疑いが出て来ました。それと、問題の三人と、西沢という鑑定人による詐欺事件のことです。幸い、この詐欺事件には証人がいました。この人物です」

と、十津川は、いい、黒板に「O製薬株式会社会長、塩崎進太郎」と、書いた。

「この人物が、実際に、彼等の詐欺に遭った、いや、遭いかけた時のことを、詳しく話してくれました。塩崎会長の家にやって来たのは、女一人、男二人の三人組で、女は南条圭子ではない別の名前を使っていたそうですが、彼女に間違いないといっています。男二人の方は、顔も名前もよく覚えていないそうですが、私は、白石真一と高橋圭一郎の二人と見ていいと思います」

十津川は、その詐欺の方法を、塩崎に聞いたまま、説明した。

「この詐欺の方法には、二つのポイントがあります。第一のポイントは、西沢某(なにがし)という免許を持つ鑑定人を同行することです。第二は、ターゲットに向って、最初は、何かを売りつけるのではなく、逆に買うというやり方です。骨董好きで金持ちのターゲットを見つけると、彼等は、まず、その相手の所に押しかけ、彼が大事にしている骨董品を一点、何百万もで、拝み倒して売って貰うのです。これで、相手の自尊心がくすぐられます。骨董好きの金持ちというのは、自分は目利きだと思っていますからね。自分が、いいものだと思って購入したものを、三人の骨董好きが、大金を出して、ぜひ欲しいといって買った。そのことで、自尊心を満足させ、同時に、三人を、いい人たちだと思ってしまうわけです。三人はそうしておいて、わざと時間を置いてから、相手の欲しがっている物を売りつけるわけです。免許を持つ鑑定人を連れてです。塩崎さんも、金さえあれば、勧められた品物を買うつもりだったといっています」

「本多あかりの父親も、その手に引っかかったということかね？」

「最近になって、この三人は、金持ちといわれるようになっていましたが、三年前はそれほど豊かではなかったのです。例えば南条圭子についていえば、最近でこそ、日本を代表する女実業家といわれていますが、三年前は名前を知る人もいなかったのです。その頃、三人は、金欲しさに、欺す相手を探していたと思われるのです。三人は、骨董を通じての知り合いでしたから、骨董を使った詐欺を考えていたと思うのです。彼等が、本多清純に眼をつけたとしても、不思議はありません。本多は、リサイクル事業で大金持ちになり、骨董好きで、しかも、本多正純の子孫を自称している。これほど、恰好のターゲットは、いなかったと思います」

と、十津川は、いった。

「そして、三人で、本多清純を詐欺にかけたか？」

「そうです。方法は想像するより仕方がないのですが、塩崎氏の話してくれたやり方を取ったと思います。まず、三人で、本多邸を訪ねて行き、自慢の骨董品を見せて貰います。そして、その中の一点、例えば、天目茶碗か唐三彩の置物を、ぜひ譲って欲しいと、本多清純に頼み込んだ。それが、ホンモノでもニセモノでもいいんです。とにかく、何百万もの大金を出して買い取るわけです。本多にしてみれば、自分の鑑識眼も大したものだと大いに満足するわけで、三人のことを悪人とは思いません。それから、間を置いて、三人は、本多家の由緒ある品物を持ち込んでこういうのです。たまたま、徳川譜代の大名の本多家の品物を手に入れたが、本多さんが集めていると聞いてお持ちしました。鑑定人も同道していて、これは間違いなく本多家の品物ですという。本多は、喜んでそれを買い取ったと思います。こうして、三人は、何点も、本多に売りつけたんだと思います。その金額は多分、億単位だったと思います」

「三人は、それがバレないと思っていたのかね？」

「三人は、こう考えていたと思います。本多のような骨董好きの金持ちというのは、余程、金に困らなければ、自分の持っている骨董品を売却することはない。それに自分の持っている物はホンモノと信じているから、鑑定に出すこともないと」

「それが、殺人にまでなってしまったのは、どういうことなんだね？」

と、三上が、きいた。

「これも、想像するよりないんですが、本多清純は、本多正純の子孫を名乗って、週刊誌にも出るようになりました。それで、ホンモノの本多家の子孫か、或いは、歴史研究家が、訪ねて来たんじゃないでしょうか。その人たちに本多は、三人から買った自慢の品物を見せて、だから、自分こそ、本多家の子孫だとでもいったんだと思いますね。ところが、相手にこれは、とんでもないニセモノだといわれてしまう。三人から買った物は、全てニセモノだとわかってしまった。そこで、本多は怒り心頭になったわけです」

「三人を、脅したんだな？」

「それは、西沢という鑑定人もです。もともと、本多は、ワルの噂もあったわけですから、四人を手ひどく脅したと思います。全ての品物を買い取れ、その上、慰謝料も払えといったかも知れません」

と、十津川は、いった。

「それで、四人が、本多清純を殺したということか？」

「多分、四人は、お詫びに参りましたといって、本多邸を訪ねたんだと思います。全て本多の要求を入れるといって、安心させておいて、不意をついて、本多と、たまたまその場にいた長男を殴り倒した。そのあと、灯油を撒いて放火したんだと思います。寒い日で、風が強かったといいますから、自慢の武家屋敷も、あっという間に全焼したんだと思います」

「四人は、その上、派出所の巡査長を買収したというわけだな？」

「連中は、野本という巡査長が、金に困っているのを知って、大金で、買収したんだと思います」

「それが、三年前だな」

「そうです」

「本多あかりは、高校を卒業すると、すぐ家を出てしまっていたんだろう。それだけ、父親とは仲が悪かったということだろう?」

「そう思います」

「それが、なぜ、急に、父親の仇討ちをする気になったのかね?」

「本多あかりは、多分、父親を好きだったんだと思います。ただ、金にあかせて、骨董を買いあさったり、本多正純の子孫だと名乗る生き方に反撥したんだと思います。その父親が兄と共に、突然死亡した。最初は、自分とは関係ないという思いだったと思います。しかし、彼女は、その後、自分で父親の石仏、つまり、羅漢さんを彫って、京都の愛宕念仏寺におさめています。その石仏は、悲しみの表情のもので、その頃、本多あかりは、父と兄の死が、ただの失火ではないのではないかと疑い始めたのだと考えられます」

「それで、調べたのかね?」

「彼女は、唯一の遺産相続人です。練馬の家は、全焼してしまいましたが、本多のリサイクル事業は、成功していましたから、莫大な遺産が、本多あかりに渡ったものと思われます。彼女はその金を使って、三年前の事件を調べたと考えます。もちろん、自分の名前を出さずにです」

「それで、事件の真相をつかんだのだろうか？」

「わかりませんが、今、われわれがつかんだくらいのことは、わかったのではないかと思います。証拠はつかめていなかったとは思います」

「どうして、そう思うのかね？」

と、三上が、きいた。

「もし、放火殺人の証拠をつかんでいたら、彼女は、その証拠を警察に提出して、再調査を要求したと思うからです。容疑者たちを、告発したのではないかと思います。しかし、彼女は、そうしませんでした。代りに、彼女がやったことは、自ら、千姫の子孫を名乗って、テレビに出演することでした」

「なぜ、そんなことをしたのかね？　ここまで来ると、自己顕示欲とは思えないがね」

三上が、いう。

「同感です。私は、犯人を、あぶり出すためだったと思います。これも私の勝手な想像ですが、千姫の打かけと懐剣ですが、二つとも、父親から娘のあかりに贈られたものだと考えられます」

「それは、私も、考えたよ」

「他にも、私には、こんな風に考えられるのです。この二つは、例の四人が、高額で、本多清純に売りつけたものではないかとです」

「そのことを、本多あかりも知っていたのだろうか？」

と、三上は、きいた。

「私は、そんな風に考えました。本多あかりは、父の生き方に反対でしたが、父親の方は、一人娘のあかりを愛して可愛がっていたと思います。美しい娘は、父親にとって自慢ですからね。本多は、例の三人と鑑定人の四人から、沢山の高価な骨董品を買っていて、少しも疑っていなかった頃、こんなことを四人に話したんじゃないでしょうか。自分の娘は大変な美人で、現代の千姫だと思っている。その娘にふさわしいものを見つけてくれないかとです。四人は、これはまた金が儲かると考え、何処からか、年代物の打かけを見つけて来て、これは、千姫が大坂城落城の時、かぶって脱出したものだといって売りつけ、無銘伝正宗を千姫の懐剣として、これも、時価の何倍かで売りつけたのではないかと考えます」

「それを、父親は、娘のあかりにプレゼントしていたというわけだな」

「その頃、父親は、娘に、この二つを手に入れた経緯を説明したのではないかと思います。

信頼の出来る三人が、世話してくれたもので、間違いなく千姫が使っていた打かけであり懐剣であると話した。鑑定人の鑑定書もあるといったこともです。貰ったあかりの方は、信用もせずに、ただ、しまっておいたと思うのです。その後、あかりは、火事が放火ではないかという疑念を持つようになってきました。父は、四人に欺された上に、殺されてしまったのではないのか、さぞ、無念であったろうと思い、その表情を彫った石仏を、寺に奉納したのです。彼女は、父の生き方には批判的でしたが、父を愛していたんだと思うのです。それに、父を欺した上に殺した犯人たちを、絶対に許せなかったんだと思いますね」

「それで、自ら千姫の子孫と名乗って、テレビに出たのか？」

「彼女は、三人と西沢という鑑定人に疑いの眼を向けましたが、何しろ証拠はありません。そこで、彼女は、捨身の作戦に出たんだと思いますね。テレビに出て千姫の末裔と名乗り、千姫の打かけを披露したんです。四人は驚いたと思います。自分たちが、本多清純に売りつけた打かけが、テレビに出て来て、本多の娘が、自ら千姫の子孫と名乗っている。四人は判断に迷ったと思いますね。それに、怯えたとも思います。この娘は、何もかも知っているのではないかと考えてです」

「そこで、連中は、一人、一人、本多あかりに接触して、彼女が何を考えているのか、知ろうとしたということだな？」

と、三上が、いった。

「そうなんです。三人とも、三年前とは違って金持ちになっていました。彼等にとって、三人が組んで、骨董品詐欺をやっていたことは、隠しておきたい過去の筈です。それで、三人が揃って、姫路に行くわけにはいかなかったんだと思います。まず、白石真一が、姫路へ出かけました。何百万かの現金を用意し、何くわぬ態度で、テレビで見た千姫の打かけを売ってくれないかといって、本多あかりに近づいたんだと思います。話している中に、彼女の真意がわかると思ったんでしょう」

「それに対して、本多あかりの方は、何を考えていたんだと思うね？」

「彼女の方は、簡単だったと思います。自分がテレビに出て、千姫の末裔と名乗り、千姫の打かけを見せれば、四人は、あわてて接触してくるだろう。それこそ、犯人の証拠だと。案の定、連中の一人、白石真一が、近づいて来たわけです。それで、もう、犯人も決ったと思ったに違いありません」

「それで、容赦なく、殺したか？」

「多分、白石の言葉に合わせて、安心させておき、睡眠薬入りのコーヒーかビールを飲ませたんだと思います。そうしておいて、車ごと東京に運び、車と一緒に焼き殺したに違いありません」

「なるほどね」

「高橋圭一郎は、姫路で殺し、南条圭子は、東京で会って、二人とも、懐剣で殺したんだと思っています。父と兄の仇を討ったんですよ」

と、十津川は、いった。

「あと一人、西沢という鑑定人が、残っているんだな？　本多あかりは、その鑑定人も、殺すと思うかね？」

と、三上は、きいた。

「殺すと、思います」

十津川は、断定した。

「今、その西沢という鑑定人は、どうしているんだ？」

「行方不明です」

「行方不明？」

「西沢という鑑定人は、二人います。一人は、西沢透（とおる）といい、五十二歳で、悪い噂はありません。自分の骨董店も持ち、信用されていて、例のテレビ番組にも、時々出演しています」

「もう一人は？」

「名前は、西沢恭之助といって、六十五歳です。いろいろと、噂のある人間で、鑑定人の免許は持っているが、大きな取引きには、呼ばれたことはないそうです。それだけ、信用されていないということだと思います」

と、十津川は、いった。

「行方不明というのは？」

「西沢恭之助で、四谷三丁目に、事務所を持っていますが、四、五日前から閉っていて、行方が、わかりません」

と、十津川は、いった。

2

今後の捜査について、十津川は兵庫県警の森田警部と、話し合った。

「姫路に戻ったら、早速、令状をとって、彼女の自宅や店を家宅捜索したいと思います」

と、森田は、いった。

「これから私も、一緒に姫路に行きますよ」

と、十津川は、いい、

「田之上の話では、本多あかりは対談のあと、姫路へ戻って、人を待つと、いっていたそうです」

「誰を待っているんでしょう？」

森田が、きく。

「父親を殺したのが、三人プラス西沢という鑑定人とすると、三人はすでに死んでいますから、残るのは西沢一人です」

「その西沢が姫路へ来ると、本多あかりは確信しているということですか？」

森田は、首をかしげた。

「そうらしいですね」

「しかし、十津川さんは、白石真一や高橋圭一郎、それに南条圭子を殺したのは、本多あかりだと確信していらっしゃるんでしょう？」

「そうです」

「とすれば西沢だって、それはわかっている筈です。いや、彼は当事者ですから、われわれ以上に、事態が呑み込めていると思うのですよ」

「でしょうね」

「それなのに、西沢が、危険な姫路へ行くでしょうか？」

と、森田は、いう。

「同感です。常識的に考えれば、西沢は、国外へでも逃げ出していると思います」

十津川も、そんないい方をした。

「それなのに、本多あかりは、なぜ、姫路に戻って待つといったんでしょう？　われわれを混乱させるために、田之上に嘘をついたんじゃないでしょうか？」

と、森田は、いった。

「そこが、私も、判断に迷っているところです」

十津川は、正直に、いった。

本多あかりは、対談のあと、田之上に向って、姫路へ帰って人に会わなければならないと、いったという。

十津川は、その人というのを、四人の最後の人間、西沢鑑定人だと考えるのだが、森田のいうように、仲間の三人が死んでいるのに、西沢がのこのこと、危険の待つ姫路へ出かけるだろうかという疑問は生れてくる。

森田は、兵庫県警に電話をかけた。

しばらく話していたが、十津川に向って、

「本多あかりは、姫路の自宅に戻っているそうです」

と、いった。

「じゃあ、すぐ、姫路へ行きましょう」

と、十津川は、いった。

亀井を加えた三人で東京駅に向い、新幹線に乗った。

森田は車内からも、時々、姫路へ電話をかけていた。

名古屋を過ぎる辺りから、周囲は、暗くなってきた。

「今も、本多あかりは自宅から出ていませんし、西沢と思われる男が、自宅に近づく気配もないといっています」

と、森田が、十津川と亀井に知らせた。

本多あかりの自宅の周囲には、十二人の刑事を配置したという。

「逮捕できれば、いいんですが、今の状況では、逮捕状はとれないと、上司はいっています」

とも、森田は、いう。

「そうですね。状況証拠しかありませんからね」

と、十津川も、いった。

共同の捜査会議で、十津川は、本多あかりが三人を殺したといったが、それは、あくまでも推理でしかないのである。

特に、姫路で殺された高橋圭一郎の件は、警視庁の所管外で、兵庫県警の事件だから、強くは、いえないのだ。

姫路へ着いた時は、すっかり暗くなっていた。

「これから、どうされますか？　いったん、ホテルへ入られますか？」

と、森田が、きく。

「いや、まっすぐ、本多あかりに会いに行きたいと思っています」

「逮捕状もなくですか？」

「何か、久しぶりに、会いたくなったんですよ」

と、十津川は、笑った。

それは、本当の気持だった。

本多あかりが、白石真一たち三人を殺したことは間違いないと、十津川は確信していた。白石を車ごと焼き殺し、高橋と南条圭子は、懐剣を使って殺したのだ。凶悪な殺人である。

それにも拘らず、十津川の記憶の中の、本多あかりの美しい笑顔は、そのままなのだ。

「行きましょう」

と、森田も応じて、三人は、駅で待っていたパトカーに、乗り込んだ。

ライトアップされた姫路城は、相変らず美しく見える。

(本多あかりは、あの姫路城に似ている)

と、十津川は、思った。

光が当ると、より美しく見える。しかし、城自体は変っていないのだ。見る人間が、勝手に、自分の感覚で、美しい幻想を抱いてしまうのではないのか。

本多あかりの自宅に近づくと、県警の覆面パトカーが近づいて来た。

県警の刑事の一人が近づいて来て、森田警部に報告した。

「家の中は静かです。現在、家の中には、本多あかりと二十代のお手伝いが、一人いるだけです。それから、彼女の家に近づく人間も、今のところ全く見当りません」

「引き続いて、待機していてくれ」

と、森田は、いった。

三人を乗せたパトカーが、本多あかりの家の玄関に着き、彼らは車から降りた。

森田が、インターホンを鳴らし、三人は、中に招じ入れられた。

和服姿のあかりは、相変らず美しく、落ち着いて見えた。

若いお手伝いが、三人に茶菓子をすすめてくれた。

「田之上さんとの対談をテレビで拝見しましたよ」

と、十津川は、いった。

本多あかりは、微笑して、

「きっと、私が、バカに見えたでしょうね。田之上さんは、頭が良くて、ゲストをからかって喜ぶ方だから」

「なぜ、そんな番組に出演なさったんですか？」

「あれは、局から、ぜひ、といわれて、出させて頂いたんですよ」

「僕は、面白かったですよ」

と、森田が、口を挟(はさ)んだ。

「あかりさんは、堂々としていたし、田之上さんの方が、おたおたしているように見えましたね」

「あなたが、田之上さんを、脅したという話も聞きましたよ」

と、十津川は、いった。

本多あかりは、「え？」という眼になって、

「どなたが、そんなことを？」

「田之上さんです。彼は、こんなことを、いっていました。番組のインターバルで、あな

たが懐剣を取り出して、彼を脅したというのですが、本当ですか？　彼を脅しました？」

と、十津川は、きいた。

あかりは、微笑して、

「それは、田之上さんの得意のジョークですわ。確かに、インターバルの時、懐剣を持っているかと聞かれたので、お見せしました。いつも持っているのかと、また聞かれたので、千姫としてインタビュー番組に出ているので、千姫にならって、懐剣を身につけて来ましたと申し上げたんです。このことは、局のプロデューサーにも、申し上げてありました」

「田之上さんを、その懐剣で脅したことは、なかったんですか？」

「なぜ懐剣が必要なんですかと、お聞きになるので、千姫の頃は、辱めを受けたら、直ちに、この懐剣で自害するつもりだったと思うと、いいましたけど、田之上さんを脅かすなんて、とんでもありませんわ」

「しかし、田之上さんは、それを脅かされたと感じたようですよ」

「大げさな方なんですねえ」

と、あかりは笑った。

「それで後半は、あなたの話に殆ど口を挟むのを止めてしまったともいっていました。おかげで、私は、あなたの本音が聞けてありがたかったですがね」

十津川が、いった。

「私は、いつも、本心を話していますけど」

「いや。最初にお会いした時は、お父さんの話は、なさらなかった。それが、田之上さんとの対談では、お父さんのことをしきりに話しておられた。三年前の火事のこともです。それは、どういう心境の変化なんですか？」

と、十津川は、きいた。

「別に、心境の変化なんかはありませんわ。父のことは、いつか話すことはあるだろうと思っていて、その時期が来ただけです」

と、あかりは、いう。

「三年前の火事は、放火だといわれていますね？」

「ええ。放火ですから」

「と、いうことは、放火した犯人が、あなたのお父さんとお兄さんを殺したということになる」

「ええ。その通りですわ」

「それを、なぜ、警察に、おっしゃらなかったんですか？」

「証拠はありませんし、警察は、失火と断定していることを、なかなか、再調査して下さらないことは、わかっていましたから」

と、あかりは、いう。

「だから、ひとりで解決しようと、なさったんですか？」

と、十津川は、きいた。

「何のことでしょうか？」

あかりが、聞き返す。

「あなたは、放火犯人は、わかっていると、いわれた」

「そんなこと、いいましたかしら？」

あかりが、笑った。

「おかげで、われわれも、あなたの考えている犯人が、何者なのかわかって来ましたよ。白石真一、高橋圭一郎、それに南条圭子の三人と、西沢という骨董の鑑定人です。違いますか？　面白いことに、この中の三人は、あなたが、テレビに出だしたころになってから、死んでいる。いや、殺されています」

十津川は、まっすぐに、あかりを見つめて、いった。

あかりは、十津川の眼を見返して、

「そういえば、私が、殺したのではないかと疑っていらっしゃいましたわね」

「そうです。あなたが、テレビに出した千姫の打かけや懐剣に絡んで、殺されたと考えられたからです」

「私が、殺したという証拠はありました？」

あかりが、ニッコリ笑う。

「いや、証拠はありませんでした。何よりも、動機がわからなかったんです。打かけと懐剣を、手に入れようとして、あなたともめて、それが殺人にまで発展したのかなと、思ったんだが、あなたは、そんなことで人を殺すようには思えない。それで、悩みましたよ。県警の森田警部も、動機がわからないといわれていた」

「ええ。僕には、本多さんが、殺人をするようには、とても思えませんでしたよ」

と、森田も、いった。

そんな二人の刑事の言葉を、本多あかりは、楽しんでいるように見えた。

「ところが――」

と、十津川は、話を続けた。

「突然、あなた自身が、動機を明らかにした。三年前に殺された父親と兄の仇討ちをやったのだと。仇討ちという言葉は使われないが、同じことをあなたは、いったんですよ」

「私は、三年前の火事が放火だったと、いっただけですわ」

と、あかりは、いった。

「犯人も、知っていると、いっている」

「でも、それしか、いっていませんわ」

「あなたは、証拠はないが、白石真一、高橋圭一郎、南条圭子の三人を殺している」

「証拠がなければ、逮捕はできませんわね。お気の毒だと思いますわ。でも、証拠がないということで、三年前の火事は、父と兄が泥酔した揚句、石油ストーブを蹴倒して火災になったとされたんですよ」

と、あかりは、いった。

「だからといって、勝手に、三人もの人間を、殺していいことにはなりませんよ」

と、十津川は、いった。

「証拠もないのに、勝手に決めつけないで下さい」

あかりは、強い調子で、いった。

「四人目を殺すのは、もう止めなさい」

「何のことか、わかりませんけど？」

「あと一人、骨董鑑定人の西沢を殺せば、あなたの復讐は完成するんでしょう？」

「何のことでしょう？」

「あなたは、田之上さんに、こういったそうですね。姫路に戻って、人を待つと、いわれたんでしょう？　その人というのは、西沢鑑定人じゃないんですか？」

「私がこの姫路にいて、誰に会おうと、勝手だと思いますけど」

「それが殺人になるのは、絶対に阻止しますよ。それが、われわれの仕事ですから」

と、十津川は、語気を強めて、いった。

「それなら、私を、ずっと監視なさったらいいんじゃありませんか」

と、あかりは、そっけなくいったあとで、急に、小さな笑い声を立てた。

「何が、おかしいんですか？」

と、森田が、顔をしかめた。

「もう、私を、監視なさっているんでしょう？　変な車が、この近くに停っていますものね」

と、あかりは、おかしそうに、いう。

「今、懐剣をお持ちですか？」

最後に、十津川が、きいた。

あかりは、黙って、懐剣を取り出して、テーブルの上に置いた。

「拝見します」

十津川は、手を伸して、懐剣を取り上げた。刀剣を見る礼法がわからないので、十津川は、無造作に抜いて、刃を灯にかざした。

美しい刃紋が浮んでいる。

だが、血のりの痕といったものは、見当らなかった。

それを見ていたあかりが、先廻りするように、

「毎日、心を籠めて、研いでいますわ」

と、いった。

3

三人の刑事は、外へ出た。

「私は、本多あかりの監視について、刑事たちと打ち合せをしていきます」

と、森田は、いった。

「私たちは、少し歩いてから、ホテルに入ります」

と、十津川は、いった。

十津川と亀井は、パトカーには戻らず、夜の道を姫路城の方向に歩き出した。

「今日は、珍しく、何もいわなかったね」

と、十津川は、歩きながら、亀井に、いった。

「私は、じっと、彼女を見ていました」

と、亀井が、いった。

「感想を聞かせてくれないか」

「不思議な気がしましたね」

「何がだ？」

「本多あかりは、三人の人間を殺したわけでしょう。それも一人は、焼き殺し、あとの二人は、自分の懐剣で殺しているんです。そんな凶悪なことをしたのなら、普通は、顔にそれが現われるものだと思いますが、彼女の顔は、全く前と同じように気品があって、美しい。それが不思議で、仕方がなかったですね」

亀井は、そんなことを、いった。

「ひょっとすると、本多あかりは、無実で、何もしていないのではないかと思ったかね？」

と、十津川が、きいた。

「何も知らずに、いきなり彼女に会っていたら、こんな人が、犯罪に関係する筈がないと思ったに違いありません」

「だが、彼女は犯人だよ」

「わかっています」

「ただ、決定的な証拠がない」

「逮捕状は、無理ですか？」

「出ないだろうね。森田警部は、彼女の自宅と、店の家宅捜索をしたいといっているが、現在の状況では、令状が出るとは思えないな」

と、十津川は、いった。

「それにしても、本多あかりは、なぜ、あんなに落ち着き払っているんでしょうか？」

「彼女は、自分から、殺人の動機を明らかにした。それは、われわれの考えたように、警察への挑戦という意味もあるだろうが、覚悟を決めているということが、あるんじゃないかな」

と、十津川は、いった。

「覚悟ですか」

「今日だって、彼女は、着物の中に、懐剣を忍ばせていた。いつでも、それを使って、自害する覚悟は出来ているという意思表示じゃないのかね。だから、落ち着き払っているんだと私は、思うがね」

「しかし、彼女はまだ、完全には、願望を果たしていないわけでしょう」

「西沢鑑定人のことだろう？」

「そうです。四人目の西沢鑑定人を殺して、完全な復讐を果たすことになる筈です。それを、どうやって果たすつもりなんでしょうか？　西沢は、今、行方がわかりませんし、あれだけ、県警の刑事が監視していたんでは、身動きが出来ないでしょう。外出すれば、刑事の尾行がつきますからね」

「そうだね」

「それなのに、なぜ、あんなに落ち着き払っているんでしょうか？　それが、わかりません」

「ひょっとして――」

と、十津川が、呟やいた。

「ひょっとして、何です？」

「西沢は、もう、彼女が殺してしまっているんじゃないか――」

「すでに、復讐は、完全に、終ってしまっているということですか」

亀井の顔が、一瞬、白っぽくなった。

「いや、違うな」

と、十津川が、いった。

「違いますか」

亀井が、ほっとした顔になって、十津川を見る。

「今まで、白石真一たちについては、殺したことを、本多あかりは、隠さずにきている。特に、高橋圭一郎と南条圭子の二人については、懐剣で殺した後の死体を、誇らしげに、人眼(ひとめ)にさらしている。それを考えると、西沢だけ、殺した死体を隠すとは考えにくいからね」

と、十津川は、いった。

「まだ、西沢は、殺されていないということですね」

「そう考えるのが、当っているだろうね」

「西沢だけ、許す気になったとは思えませんが、どうやって、殺す気なんでしょう？」

と、亀井が、首をかしげた。

「どうも、彼女は、じっと、西沢が来るのを待っているとしか思えないんだが――」

十津川も、首をかしげた。

まるで、蟻(あり)地獄のように、彼女は、じっと、西沢が罠(わな)に落ちてくるのを待っているのだろうか？

4

二人は翌日、市内のホテルで、眼をさました。

ホテル内で、バイキングの朝食をすませたとき、森田から、十津川の携帯に、連絡が入った。

「東京のテレビ局が、本多あかりの家に来ています」

と、森田は、いった。

「東京のテレビ局ですか？」

「例の開運鑑定団のテレビ局です。番組を担当したオリエントプロの青木という男も、一緒です」

「本多あかりの何を撮りに来たんですかね？」

「わかりませんが、車で来ていますよ」

と、森田は、いった。

（本多あかりが、何か企(たくら)んでいるのか？）

と、十津川は、思った。

十津川は、亀井を促して、出かけてみることにした。

本多あかりの家の前には、バンタイプの車が二台、停っていた。

二台の車の車体には、テレビ局の名前と、開運鑑定団の文字が、入っていた。

二時間近くたって、数人の男女が、ぞろぞろと家の中から出て来た。

カメラマンや、インタビューを担当したと思われる女性アナウンサーの顔もあった。

その中に、オリエントプロの青木の顔を見つけて、十津川の方から、声をかけた。

青木が、走って来て、

「お久しぶりです」

と、笑顔を作った。

二台の車の一台から、青木を呼ぶ声があったが、彼は手を振って、先に帰らせた。

「十津川さんは、何の用で、姫路に来ているんです？」

と、青木が、きく。

「昨日、本多あかりさんに用があってね、来ていたんです。あなたの方は、何の用があったんです？」

「本多あかりさんの近況を知りたいという声が、多かったので、取材に来たんですよ。本多あかりさんが、自宅で取材に応じるといわれたものでね」

と、青木は、いった。

「どんな取材をしたんですか？」

「田之上さんとの対談を見ていたので、主に、三年前に亡くなったお父さんのことを話して貰いましたよ」

「三年前の火事が、放火だということを、彼女は話したんですか？」

「ええ」

「三人の男女が、殺された話は、しましたか？」

「いや。その話は、出ませんでしたね。亡くなったお父さんの、いろいろなエピソードを話してくれましたよ。彼女と同じように、本多正純の子孫だといい、本多家のものだという骨董品を集めていたことも、面白く話してくれました。そんな父親を軽蔑していたんだが、今になると、血というものをすごく感じるといっていましたね。自分も、千姫の子孫だといっているから、やはり、父娘なんでしょうね。楽しい話でしたよ」

「それだけですか？」

と、十津川は、きいた。

「それだけといいますと？」

「彼女は、三年前の火事は放火だといっています。つまり、放火で父親と兄が死んだということです。その犯人も知っていると、彼女はいっているんです。そのことは、話さなかったんですか？」

「そういう類の話は、なかったですねえ」

と、青木は、いってから、

「父親のことといえば、彼女、石仏を彫っているんですよ。羅漢さんです。父親の像だといっていました」

「父親の石仏を彫っていましたか？」

「ええ。時間がなかったので、明日も、取材を続けることになっています。自分で、ノミを持って、石に刻みつけているんです。本多あかりの別の面を見たようで、楽しかったですよ」

と、青木は、いった。

「彼女はすでに、京都の愛宕念仏寺に、父親の石仏を自分で彫って、おさめているんですが、そのことは、彼女、話しましたか？」

「ああ、その話は聞きました。前に、父親の石仏を彫った時は、ただ、悲しみだけだったので、出来上がった石仏も悲しみの表情になってしまった。今、三年たち、落ち着いてきたので、石仏がどんな表情になるか、楽しみにしていると、いっていましたよ。いい話だと思いましたね。出来あがったら、京都の寺へ持っていくというので、その時は、われわれも同行して、カメラにおさめたいと思っています」

「今、どのくらい石仏は、彫られているんですか?」

十津川が、きいた。

「まだ、彫り始めたばかりでしたね。だから、石仏の顔の表情も、はっきりしていません。これから、どんな表情になっていくのか、楽しみですよ」

と、青木は、いった。

彼は、自分のデジカメで、私的に撮った写真を見せてくれるという。

十津川は、青木をホテルに連れて行き、デジカメを、テレビにつないで見ることにした。

亀井を含めた三人で、その映像を見た。

全部で、百コマを越す画面を見ることになった。

まず、アナウンサーに、インタビューを受けている本多あかりの顔が、続く。

声が入っていないので、何を喋っているのかはわからないが、画面に映っている彼女の顔は、いつもの、十津川の見なれた表情をしている。

落ち着いていて、にこやかに笑って、インタビューを受けている顔である。

それが、何コマも続く。彼女の指先が映ったり、眼だけをクローズアップしたりしている。それは撮っている人間の、彼女に対する感情が現われている感じがして、十津川は、見ながら微笑した。

長いインタビューの場面が終ると、次に、場面が変って、アトリエ風の部屋になった。

いつもは、美しい和服姿なのに、ここでは、パンツルックで、大きな石の塊りと格闘している姿が、画面に現われた。

一心不乱に、ノミと、金槌を使う。

砕かれた石の破片が、飛び散っている。彼女の顔に汗が浮んでいる。

手の甲で、汗を拭う。その顔が上気して美しい。

ここでも、カメラマンの眼は、優しく、同時に、執拗に、彼女の表情を追いかけていく。

石は、人間の形にまで彫られていくが、その顔は、まだ形になっていない。

「彼女は、こういっていましたよ。父親の石仏を彫るのだが、その顔の表情がどうなるのかは、まだわかっていない。彫っていく中に、表情が出来ていくんだそうですよ」

と、青木は、いった。

「私は、京都の愛宕念仏寺に行きましたが、そこで彼女の彫った父親の石仏を見ました」

「そうらしいですね」

「そこで見た石仏は、悲しみに満ちた顔をしていたんですよ。寺の住職に聞くと、彼女は、時間がたって、父の思い出が辛くなくなったら、また、父親の石仏を彫って、持って来ますといったそうなんです。だから、また、父親の石仏を彫っているということは、今度は、悲しみの表情ではない顔を彫るつもりだと思いますけどね。まだ、どんな表情になるかわからないと、いっているんですか？」

十津川が、青木に、きいた。

「そんないい方をしていましたね。僕は、芸術家らしいいい方だと思ったんですけどね」

と、青木は、いう。

「どんな表情になるかわからないと、彼女がいった時ですが、どんな感じでした？」

と、亀井が、きいた。

「そういわれても、困りますが、普通でしたよ。作業が一休みした時に、彼女は、汗を拭きながら話してくれたんです」

「どんな表情になるかわからないことに、悩んでいる感じでしたか？」

これは、十津川が、きいた。

「いや、そんな風には、見えませんでしたね。余裕のある感じでしたよ。第一、悩んでいたら、石仏を彫り始めたりはしないんじゃありませんか」

と、青木は、いった。

十津川は、考え込んだ。

本多あかりは、父が殺されたと思い、悲しみと怒りの顔をした石仏（羅漢）を、自ら彫って、京都の愛宕念仏寺に奉納した。

その時、きっと、父と兄の復讐を心に誓ったのだろう。

そのあと、自ら、千姫の末裔を名乗り、いわば、自分をおとりにして、白石真一たち三人をおびき寄せて殺した。

あと一人、西沢という犯人が、残っている。

今、この時点で、本多あかりは、父親の新しい石仏を彫ろうとしている。

同じ悲しみの石仏なら、二度も彫ろうとはしないだろう。

とすれば、彼女は、悲しみと怒りの父親の顔ではなく、優しい父親の顔を、彫ろうとしているのではないのか。

まだ、西沢という犯人の一人が残っているのに、三人を殺した時点で、もう満足してしまっているのか。

「それは、考えられませんよ」

青木が、帰ったあとで、亀井が、いった。

「彼女の性格は、そんな中途半端なものではないような気がするんです。何しろ、懐剣を持っていて、何かあれば、それで自害するという女性なんですから」

「私も同感だよ」

と、十津川も、いった。

「では、やっぱり、西沢はすでに、本多あかりに殺されてしまっているんでしょうか？」

亀井が、また、首をかしげた。

「それもないような気がするな」

「わからなくなって来ましたね」

「こういうことかも知れない。西沢は、今、行方不明になっているが、本多あかりは、西沢の行方を知っていて、いつでも、殺すことが出来るんじゃないかね。それどころか、西沢は、本多あかりの掌の上にのっているんじゃないかね」

と、十津川は、いった。

「しかし、彼女の周辺に、西沢の姿はありませんよ。この姫路にいるのかどうかも、わかりませんしね」

亀井が、いった。

「だが、彼女の近くにいるんじゃないかな」

と、十津川は、いった。

第七章　死せよ千姫

〈彼女に会った。いや、会ってしまった。彼女が、私の眼の前に現われた時、運命を感じた。彼女の美しさ、彼女の気品、そして、彼女の真実には、とうてい抵抗できなかった。〉

1

突然、本多あかりが、車で出発した。

車を運転しているのは、あかり本人で、他に乗っている者はいなかった。

そのことを、森田警部から、十津川は、携帯で知らされた。

「われわれは、取りあえず尾行します」

と、森田は、いった。

「どうします？」

亀井が、きいた。

「行先は、わかっている」

と、十津川は、いった。

「京都ですか？」

「父親の石仏を彫り終えたんだろう」

「じゃあ、愛宕（おたぎ）念仏寺ですね」

「そうだ。あの寺におさめに行くんだと思うね」

十津川の考えた通り、その後の森田からの連絡は、あかりの車が、京都に向っているらしいというものだった。

十津川と亀井は、新幹線で、京都へ向った。

彼は、車内で黙り込んでいた。

「何を考えていらっしゃるんですか？」

亀井が、きいた。

「今回の事件が、終りに近づいている気がしてね」

「それは、本多あかりの復讐が完了したということですか？」

「それを父親に報告しに京都へ行くんだろう」

「そのあとは、どうなりますか？」

と、亀井が、きいた。

「考えたくないね」

と、十津川は、いって、また黙ってしまった。

本多あかりが、白石真一、高橋圭一郎、南条圭子の三人を殺したことは、まず、間違いない。

今は、その証拠がつかめずに、彼女を逮捕できないのだが、もし、証拠がつかめたとしても、果して、彼女を逮捕できるのだろうか。

彼女は、逮捕されるよりも、自らの命を絶つことを選ぶのではないか。いや、選ぶに違いない。

十津川自身、刑事のくせに、彼女が逮捕され、刑務所で囚人服を着ている姿など見たくない気がするのだ。彼女は、常に美しくあって欲しい。

もちろん、そんな感情を持つのは、許されないことも、十津川には、わかっていた。

刑事としての十津川の任務は、証拠をつかみ次第、本多あかりを逮捕することだからである。

それ以外は、許されていない。

京都には、二人の方が早く着いた。

レンタ・カーを借り、十津川たちは、京都の北西、愛宕念仏寺に向った。

念仏寺の住職は、

「間もなく、お父さんの新しい石仏を、持って、お見えになりますよ」

と、嬉しそうに、いった。

その本多あかりより先に、青木が、数人でやって来た。

勝手に、石仏の並ぶ境内に入って行き、本多あかりが奉納した、嘆きの父親像の前にカメラを据え付けた。

十津川は、青木に向って、

「これは、本多あかりさんの承諾を得ているんですか？」

と、きいた。

「彼女の方から話があったんですよ。今日、京都の愛宕念仏寺に、新しい父親の石仏をおさめに行くんですよ。それで、ビデオに撮っていいかと聞いたら、どうぞというので、こうして押しかけて来たんです。ボクとしては、もう一度、あの番組に彼女に出て貰いたくて、その時のために撮っておきたいんです」

「相変らず、彼女を、番組に出せという声は、大きいんですか？」

「ええ。要望は、大きいですよ。彼女が出た時の視聴率は、他の日より五パーセントも高いんです。それで、ボクとしても、何とかして、もう一度、彼女に出て貰いたいと思っているんです。ですから、警察は邪魔をしないで欲しいんですよ」

「私達が、邪魔をしていると？」

「そうですよ。警察は、彼女が殺人事件に関係してると、疑っているんでしょう？」

「疑っていますよ。青木さんは、全く疑わないんですか？」

十津川が、きき返した。

「ボクは、正直にいって、あなた方、警察が考えるようなことは、どうでもいいんですよ。彼女が、人殺しかどうかなんて、考えたことはありません。彼女は美しい。気高い。そして、現代の千姫だ。それだけで、十分なんですよ」

「つまり、それだけで、テレビのネタには十分で、視聴率はとれるということですか」

十津川が、いうと、青木は一瞬、むっとした表情になって、

「確かにボクは、あの番組の視聴率をあげようと、一生懸命ですよ。十津川さんからすれば、そのために、彼女を利用しているように見えるかも知れません。いや、利用しています。でも、彼女が嫌いだったら、番組には出しませんよ。彼女が好きだから、彼女を追いかけたり、何とかして、もう一度、出て貰おうと努力しているんです。ボクだって、人間

ですからね」

「それを聞いて、ほっとしましたよ」

と、十津川が、いったとき、番組のクルーが動き出した。

本多あかりの車が着いたらしい。

小さなお祭りが始まった。

カメラのライトがつけられ、あかりが、車で運んできた石仏がおろされ、前の父親の像の隣りに並べられた。

以前の石仏が、空を見上げ口を開け、悲しみと怒りの交錯した表情をしているのに、今日おさめられた石仏は、穏やかにほほえんでいた。

あかりが、石仏に花束を捧げ、口の中で何か呟やく姿を、カメラが追う。

「何か、一つの儀式が続いている感じですね」

亀井が、十津川に、いった。

二人は、少し離れた場所から見ていた。

「ああ、儀式だろうね」

と、十津川も、肯く。

「何の儀式ですか？」

「何だろうな。本多あかりの顔が、妙に落ち着いて、明るく見えるんだよ」

「そうですね」

「と、すると、やはり、全てが終って、彼女の気持の中で達成感があるということなのかな。スポーツ選手が優勝して、表彰台に立っている感じがしないでもないね」

十津川が、いった時、兵庫県警の森田警部が近づいて来た。

丁度、あかりが、テレビのインタビューを受けているところだった。

「なかなか、いい光景ですね」

と、森田が、いう。

「いい光景ですか」

十津川が、苦笑した。内心、そうは思っていなかったからだった。

亀井もいったように、どこか、この光景は、儀式めいたところがあった。

本多あかり自身、それを感じているに違いなかった。どんな気持でいるのか、十津川としては、それを知りたいと思っているのだ。

「ここへ来る途中ですが、彼女は、誰かに会いませんでしたか？」

と、十津川が、きいた。

「名神(めいしん)のサービスエリアに一度、寄っただけですよ。そこでも、誰かに会ったということはなかったですね」

森田が、いった。

（西沢には、会ってないんだ）

と、十津川は、思った。

（と、すると、最後の一人は、どうする気なのだろうか？）

すでに四人目の殺害は、完了しているのだろうか？

だから、父親の石仏を、今日、愛宕念仏寺におさめたのか。

しかし、そうだとすると、西沢を、いつ、何処で殺したのか。

「おかしいな」

と、十津川は、声に出して、いった。

「何がですか？」

森田が、きく。

十津川は、西沢の名前を口にした。

「他の三人は、殺されたことが確認されていますが、西沢という鑑定人は、その死が確認されていません。それなのに、本多あかりが、新しく彫った父親の石仏をこの寺に奉納したりして、全てが終ったような顔をしている。それが不思議で仕方がないんです。ひょっとして、ここへ来る途中で、西沢と会って、簡単に殺してしまうのだろうかと、そんなことを、考えたんですがね」

「すでに、もう、殺してしまっていると、考えておられるんですか？」

「そうですが、死体が見つかっていません」

「他の三人に比べて、彼女は、西沢という鑑定人は、父親の仇としては軽く見ている。無視しているんじゃありませんか？」

と、森田は、いった。

「いや、鑑定人としての西沢は、本多あかりの父親を欺すことに、大きな役目を果していた筈です。そんな男を無視するというのは、おかしいと思っているんですがね」

喋りながら、十津川は、本多あかりの様子を見ていた。

彼女は、ビデオカメラの前で、レポーターと話をしていた。

彼女は、楽しそうに微笑している。

「これで、やるべきことは全てやった気がします。見て下さい。もう、父の石仏は、悲しんでも怒ってもいないでしょう。父は、これで、満足してくれたんだと思います」

あかりは、はっきりした口調でいう。

それを、カメラが、じっと写している。

「これから先は、あかりさんは、もうお父さんのことは考えず、新しい人生を送っていかれるわけですね。千姫としての生活を」

レポーターが、歯の浮くような言葉を口にする。

(本多あかりは、怒るんじゃないかな)

と、十津川は、ハラハラしたが、彼女は、意外にニッコリして、

「ええ。私も、千姫にならって、新しい人生を生きていこうと思っています。千姫は、大坂城落城の時、夫の秀頼と運命を共にしなかったことで批判されることがあります。でも、千姫には千姫の生き方がありますから、彼女が本多忠刻と結婚したことを、非難は出来ないと思っています」

「あかりさんも、結婚を考えているということですか?」

「父の供養がすみましたので、自分の将来を、これから考えたいとは思っていますけど」

と、あかりは、いった。

「どんな男性が、お好きなんですか?」

レポーターが、きく。

「何よりも、頭のいい人が好きです。それに、ちょっと、危い感じの人が、好きなんです」

と、あかりは、いった。

「ちょっと危いというのは、気になりますね。どういうことですか？」

「あまりにも生まじめで、正義のかたまりみたいな人は、苦手なんです」

「もっと、くだけたいい方をすると、ちょっとワルの方が、魅力があるということですか？」

「そうかも知れませんわ」

と、あかりは、微笑した。

聞いていて、十津川の表情が険しくなっていった。

今日、ここで示されているあかりの態度が、引っかかってくるのだ。

「これは、いつ放映されるんですか？」

と、十津川は、青木にきいた。

「明後日、例の番組の中で、放映されます。その後、千姫はどうしているのかという問い合せが、沢山、くるんですよ」

と、青木は、いった。

「そのことは、本多あかりさんは、知っているんでしょうね？」

「もちろん、知っていますよ」

青木も、ニッコリして、肯いた。

〈彼女に、私を助けて下さいといわれて、断われる男がいるだろうか。いやいない。もちろん、私も断われなかった。むしろ、私は喜んで、彼女に力を貸すことになったのだ。その結果、仲間を裏切ることになっても、私には、何の苦痛も感じられなかった。もともと、あの連中は、私を利用しただけだったのだ。私の話で、一億円の利益を得たとき、あの三人は、その中の九千万円を手に入れ、残りの一千万円を、私に分配しただけなのだ。しかも、彼等は、私の弁舌（べんぜつ）のおかげで手に入れた莫大な金を資金にして、次々にエセ実業家になっていったのだ。この社会は、狂っているとしかいいようがない。あの連中が、次々に、大金持ちになっていき、あの女などは、日本の女実業家百人の中に入ってしまうのだから、何か狂っているのだ。私の方は、教養が邪魔して、弁舌で、人を欺（だま）すことは出来ても、本当の冷酷な人間になれない。今の世の中、これでは金持ちになれないことを、私は、学ぶことになった。そして、私が、今、学んでいることといえば、それは、恋だ。それも、今までに体験したことのない至上の愛だ。考えてみれば、私の今までの人生は、無味乾燥たるものだった。鑑定人としての資格で、手に入る金は、微々たるものだった。舌先三寸で、私が嘘をつけば、その十倍、二十倍もの金が手に入った。おかしな世の中だ。私はその金を遣って、それなりの女遊びもした。だが、あれは、貧しい遊びだった。今、それがわかった。彼女の美しさ、気高さに比べたら、今まで私が付き合ってきた女たちの何と貧相なことか。彼女のためなら、私は何でも出来る。どんなことでも。これこそ本当の恋なのだ。この年齢になって、初めて、私は、そのことに気付いた。〉

2

十津川と、亀井は、山道を、ゆっくり歩いて行った。

本多あかりと青木たちは、念仏寺で、精進料理をご馳走になっている筈だった。

そのあと、兵庫県警の森田は、彼女から事情聴取をするといっていたが、今の状況では、捜査は、進展しそうもない。

だから、十津川と亀井は、愛宕念仏寺を出てしまった。

「私は、こんなことを考えたんだ」

十津川は、歩きながら、話した。

「本多あかりは、父親の仇を討つために、白石真一たちを、一人ずつ殺していった。それは、間違いない。しかしねえ、よく考えてみると、海千山千の三人が、簡単に、あかりに殺され、しかも、あかりには証拠がないというのは不思議で仕方がないんだよ」

「それは、三人が、本多あかりの色気に負けたからでしょう」

「女の南条圭子もかい？」

「彼女は、物欲でしょう。白石と高橋は、若くて美人の本多あかりを、何とかものにしようとして、近づいて殺されたんですよ。南条圭子は、本多あかりが、父親から莫大な遺産を手に入れたと考え、その遺産を狙って近づいて、逆に殺されたんだと思いますね」

「しかしねえ、あの三人は、一筋縄ではいかない連中だよ。それが、いともあっさりと、本多あかりに殺されてしまったというのが、不思議でならないんだよ」

「しかし、本多あかりに、あの美しさ以外に、何の武器がありますか？」

と、亀井が、きく。

「共犯がいたんじゃないかと思う」

と、十津川は、いった。

「共犯って、誰かいましたか？」

「鑑定人の西沢だよ」

「西沢は、白石たち三人の仲間ですよ」

「そうだよ。だが、三人とは、少し立場が違っている。サギの仲間だが、西沢はインテリで、他の三人のように、資産家になったという話も聞いていない。とすると、他の三人に対して、不満を持っていたことも考えられる。それを、本多あかりも考えて、かなり前から西沢に接触していたんじゃないだろうか」

「自分に、協力させようとですか？」

「そうだよ」

「しかし、彼女の周辺から、西沢の姿は見えませんでしたが」

「当然だろう。西沢にしてみれば、三人の仲間を裏切るんだからね。それを知られないようにしていたんだ。それにだ――」

「それに、何です？」

「多分、西沢は、本多あかりに恋をしたんだ」

と、十津川は、いった。

「恋ですか」

「そうさ。老年のひとり者、それに西沢は、もともと学者肌の男だったと思う。そうじゃなければ、鑑定人にはならないだろう。そんな男が、たまたまサギの片棒を担いだ。それが、殺人にまで行ってしまった。もともと学者肌の西沢だから、簡単に、若い女と恋に落ちてしまったんじゃないかね。しかも、相手は本多あかりだ。西沢が抵抗できるわけがない」

「すると、西沢が、三人の仲間を裏切って、本多あかりの復讐を手伝ってきたということですか？」

「そう考えれば、いろいろと、納得できるじゃないか。狐と狸みたいな三人が、あっさり、本多あかりに殺されたわけもだよ」

と、十津川は、いった。

「もし、西沢が、本多あかりと共犯関係にあるとすると、もう、彼女の復讐は完成したことになりますね」

と、亀井が、いった。

「私たちは、西沢が、まだ死んでいないのに、本多あかりが全て終ったような話をし、新しい父親の石仏を彫り上げて、念仏寺におさめたりしているのが、不思議で仕方がなかったんだが、二人が共犯なら、別に不思議はなかったんだよ」

と、十津川は、いった。

「西沢が、老いらくの恋に溺（おぼ）れたとして、本多あかりの方は、どうなんでしょう？」

「西沢の写真を持っているか？」

「ええ。彼の経歴書も持っています」

亀井は、立ち止まり、ポケットから、西沢の写真と、経歴書を取り出して、十津川に渡した。

二人は、道路沿いの茶店に入り、お茶と和菓子を注文した。

十津川は、写真を見、経歴書に眼を通した。

「老年の、神経質そうな男に見えるね」

と、十津川は、いった。

「警部もいわれた通り、もともと勉強好きの平凡な男だったと思われます」

「S大の大学院で、日本史の研究をしていたのか」

「それが、骨董（こっとう）の研究に向い、鑑定人になる基礎を作ったんだと思います」

「なるほど、やっぱり学者肌の人間だったんだな」

「そんな男なら、本多あかりに夢中になるのもわかりますが、さっきもお聞きしましたが、彼女の方はどうなんでしょう？」

と、亀井が、きいた。

「彼女は、さっき、レポーターと、こんな話をしていたな。千姫だって、夫の秀頼が亡くなったあと、本多忠刻と結婚して、幸福になったと」

「それは、私も聞きました」

「明後日、あのインタビューは、テレビで放映される。西沢は、それを聞いてどう思うかな？　推理どおり、二人が逢っていたらの話だが」

「間違いなく、自分に対するプロポーズと、思うんじゃありませんか」

「かも知れないな」

「しかし――」

と、亀井は、厳しい表情になって、

「そんな真相は、許される筈がありませんよ。誰が、何といおうと、本多あかりは、殺人犯なんです。今は、証拠がつかめずに、逮捕は出来ませんが」

「その通りさ」

と、十津川も、いった。

殺された父親と、兄の復讐だからといって、殺人、それも三人もの人間を殺したことが、許される筈はないのだ。

「私が知りたいのは、彼女の本心ですね。自分の復讐のために、西沢をただ利用しただけなのか、それとも、二人の間に愛があるのか。愛でなくても、連帯感みたいなものがあるのか。それを知りたいですね」

亀井が、いう。

「それを知って、カメさんはどうしたいんだ？」

「愛があったとしても、本多あかりが殺人犯で、西沢はその共犯です。必ず、逮捕します」

亀井が、力を籠めて、いった。

「西沢は、今、何処にいると思うね？」

と、十津川が、きいた。

「西沢が、彼女が好きだとすれば、今も、この近くに来ているんじゃないでしょうか」

と、亀井は、いった。

「京都へ来ているか」

「西沢は老年で、本多あかりみたいな美しい女性に惚れたのは、初めてだと思いますね。しかも、殺人の主犯と共犯という連帯感もあります。とすると、彼女の一挙手一投足が気になって仕方がないと思うのです。いつ、警察に捕まるかという不安もあると思いますから、常に、彼女を見守っていたいんじゃありませんかね」

と、亀井は、いった。

「じゃあ、彼女を見張っていれば、西沢も見つかるな」

「そう思います」

「西沢を見つけられれば、今回の事件のわからない部分を、明らかに出来るかも知れないな。推理どおり、西沢が共犯だとすれば、白石や高橋、それに南条圭子を、どうやって誘い出し、どうやって殺したかも、わかるんじゃないかね」

「私も、ぜひ、その辺のところが、知りたいですね。二人同時に逮捕できれば、いうことはありません」

亀井も、勢い込んで、いった。

十津川の携帯が、鳴った。

「十津川さんは、今、何処におられるんですか？」

森田の声が、少しとがっている。

「念仏寺を出たところです。本多あかりは、どうしています」

と、十津川は、きいた。

「今日は、京都に泊って、明日、姫路に帰るそうですよ」

「事情聴取は、されたんですか？」

「今日は、都ホテルに泊るといっていますから、夕食のあと、午後七時頃に行って話を聞こうと思い、その旨、彼女にもいってあります。十津川さんはどうされますか？」

「私も、亀井刑事とともに、ご一緒したいですね」

と、十津川は、いった。

〈私は、彼女の復讐を助けることにした。いや、もっと正直に言えば、私は彼女の共犯になったのだが、そのことに少しの後悔もなかった。私は、彼女の力になれることが嬉しかったのだ。あの三人は、間違いなく彼女の父親を殺している。あの夜、一緒にいた彼女の兄までもだ。

だから、彼女には、復讐する権利がある。その手助けをすることに、何の後(うしろ)めたさがあるだろう。私にとって、彼女の嬉しそうな顔を見ることが、何よりの喜びなのだ。

だから、白石真一を、殺すのを手伝った。白石が姫路に行って、千姫に会いたいというので、私は大いに勧めた。彼女が、本多清純の娘だとはいわずに、美人だし、うまく欺せば、また大金が手に入る。あなたが、他の二人を出し抜けば、儲(もう)けをひとり占めに出来ると、けしかけた。私の言葉にのせられて、白石は、いつものように二百万円を持って、車で姫路に向った。私も同行した。彼女の家に行き、例の打かけを、何としても欲しいと二百万円をちらつかせた。いつもの通りだった。彼女がニッコリし、白石は、彼女の美しさと、うまく欺せたことに満足していたが、今回は、彼の方が、欺されていたのだ。白石は、何の疑いもなく、彼女の勧めるビールを口にしたが、その中には、多量の睡眠薬が混入されていたから、たちまち眠ってしまった。

このあと、私が白石のベンツを運転し、彼女は、自分の車を運転して、東京に向かった。

そのあと彼女は、あとは自分がやると、キッパリといった。その眼はきつかったが、ぞっとするほど美しくもあった。

そのあと、「今日はありがとう」といって、彼女は私にキスをした。甘美なキスだった。

次の日、白石が自分の車の中で、焼死して発見されたと知った。私は、改めて、彼女の決意の強さを知った。いや、知らされた。〉

3

十津川は、亀井と、夕食のあと都ホテルに向った。

都ホテルは、京都の洋風ホテルでは、もっとも古く由緒(ゆいしょ)のあるホテルである。

あかりは、わざと、このホテルにしたのだろうか。

「今日の彼女の動きは、やたらに、儀式めいているように感じるね」

と、十津川は、いった。

「何故(なぜ)ですかね？」

「私の勝手な不安かも知れないんだが、今日は、全てが儀式的になっているんだ。死ぬ覚悟の出来た人間が、妙に冷静に儀式的になるが、それと同じような気がするんだ。京都に泊るのも、ここで一番古くて、格式のあるホテルにしたのもそれは、京都へ来るのが、最後と思っているからじゃないのか」

「それを、これから、当人にきいてみたらいいんじゃありませんか」

と、亀井が、いった。

「ああ、聞いてみるつもりだ」

と、十津川は、いった。

都ホテルに着くと、森田が、待っていた。

「ホテルに入ってからは、誰も彼女に会いに来なかったし、彼女も、このホテルから出ていませんよ」

と、森田は、いった。

西沢は、来なかったし、本多あかりの方から会いに行った形跡もないという。とすると、どうなっているのか。十津川の推理は、間違っているのか。

ロビーの中にあるティ・ルームで、三人の刑事は、本多あかりに会った。

彼女の表情は、愛宕念仏寺で見た時と、変っていなかった。妙に落ち着き払い、すがすがしい表情なのだ。

十津川が、知りたいのは、その理由だった。

森田が、三人の男女との関係を改めて質問したが、あかりは、冷静に尻っぽをつかまれないような答え方をした。

終始、笑顔なのは、もう、ある覚悟をしているからではないのか。

十津川の番になって、彼は、いきなり、

「あかりさんは、人間の死について、どう考えますか?」

と、きいた。

一瞬、あかりの眼が、宙を泳いだ。が、

「死ぬよりも生きていくことの方が、大切だと思いますけど」

と、いった。

「あなたも、今は、死ということより、生きることを、考えているということですか?」

「考えちゃいけませんの?」

「いけないということはありませんが、私は、あなたが、死を常に考えていると思っていたんですがね」

と、十津川は、いった。

「何故、私が、生を考えてはいけないんでしょうか?」

「愛宕念仏寺で、レポーターに、面白いことを、いっていらっしゃいましたね。大坂城落城の時、千姫は、夫の秀頼を見捨てて逃げたことで批判されたが、その後、千姫は、本多忠刻と結婚して幸福になったというのを聞きました。まるで、私には、あなたが、結婚を考えているように聞こえたんですが」

「私も、まだ若い女ですわ。結婚を考えてもいいと思いますけど、許されませんの？」

あかりは、挑戦するような眼になっていた。

「わかりませんねえ」

と、十津川は、小さく溜息をついた。

「何がでしょう？」

あかりが、きく。

十津川は、彼女の和服の胸元に眼をやった。

「今も、懐剣をお持ちなんでしょうね？」

「はい。持っています」

あかりが、肯いた。

「辱（はずかし）めを受ければ、それで自害するという覚悟と聞いていますが」

「はい。覚悟はいつも出来ていますけど、私は生きることにだって興味はありますわ」

と、あかりは、いう。

「正直にいって、構いませんか？」

十津川は、いった。

「ええ。どうぞ」

「私はあなたが、亡くなったお父さんとお兄さんの仇を討ったと考えています。白石真一、高橋圭一郎、南条圭子という三人の男女を殺したと、考えているんです。あなたとしては、正義を実行したと考えておられると思いますが、これは、明らかに殺人です。三人も殺せば、死刑はまぬがれない。そのことも、よくわかっていると思います。だから、私は、あなたが、死というものを、どう考えているのか、お聞きしたいんですがね」

「私が、その三人の方を殺したという証拠はありますの？」

と、あかりが、きく。

強く反撥しているというよりも、何か、十津川の言葉を楽しんでいるように、感じられて仕方がない。

これは、いったい何なのだろうか。

「決定的な証拠はありませんが、私は、確信しています」

「それなら、どうぞ、私を逮捕して下さい」

「西沢鑑定人は、今、何処にいますか？」

「そういう方は、存じあげませんが」

相変らず、あかりは、落ち着いた口調で、いった。

「何故、そんなに落ち着いて、いらっしゃるんですか？」

と、十津川は、きいた。

「ご質問の意味が、わかりませんけれど？」

あかりが、微笑した。

「今、いったように、われわれは、あなたが三人の男女を殺したと確信しているんです。証拠が見つかれば、今、すぐにでも逮捕します。それなのに、何故、落ち着いていらっしゃるのか、わからないのですよ。それは、覚悟が出来ているからだと思うのですが、その一方で、結婚したいみたいなことをいう。それが、よくわからないのですよ」

「わかりませんかしら？」

「わかりませんね」

十津川は、いらだちを見せて、顔をしかめた。そのあとで、

「明日、姫路へ帰られると聞いたんですが、あと二日、この京都にとどまっていてくれませんか」

と、いった。

「それは構いませんけど、理由は何でしょう？」

「私にもわかりませんが、あなたのことが心配なんですよ」

「それでは、あの放送は、この京都で見ることになりますわ」

と、あかりは、いった。

「ああ、愛宕念仏寺のインタビューの放送ですか」

「ええ」

「あのインタビューが、気になりますか？」

「ええ」

「青木さんは、もう一度あなたに、あの番組に出て欲しいといっていますが、出るつもりはあるんですか？」

と、十津川は、きいた。

「ええ。出られたら、出たいと思いますわ」

あかりは、また、ニッコリした。

彼女が、自分の部屋に戻ったあと、十津川と亀井は、二人だけで、しばらく、ティ・ルームにいた。

新しく、コーヒーを注文した。

「私は、寂しかったですよ」

と、亀井が、いった。

十津川は、コーヒーを一口飲んでから、

「寂しいって、何がだ？」

「本多あかりが、妙に俗っぽくなってしまったことなんです。初めて、彼女を見た時は、その美しさと気品に圧倒されたのを覚えています。その後、彼女が、殺された父親と兄の復讐を考えているとわかってからは、別の緊張感を感じていたんです。それは、私にとって、今までにない緊張感で、ある意味で楽しかったんです。それが急に消えてしまって、彼女は、将来の結婚を考えたり、テレビに出るのを楽しみにしているんです。今までは、テレビに出ることも、千姫の子孫と名乗るのも、父親と兄を殺した犯人を探すための手段だろうと、その健気(けなげ)さに感心していたんですが、今は、ただ、テレビに出て、チヤホヤされるのを楽しみにしているみたいで、がっかりしているんです」

亀井は、いっきに喋った。余程、腹立たしかったのだろう。

「カメさんの気持もわかるような気がするが――」

「私は、二十代の頃読んだ小説を思い出したんです。何とかの肖像という題でしたが」

「『ドリアン・グレイの肖像』か？」

「それですよ。確か、あの小説の筋は、ドリアン・グレイという美しい青年がいて、彼が、いくら悪いことをしても、歳月がたっても、その若々しい美貌が崩れない。気味が悪いと思っていると、その身代り（みがわり）のように、彼の肖像画の方が、醜く（みにく）、崩れていくという話だと覚えています。反対でしたっけ？」

「いや、カメさんのいうのが当っていると思うよ。私は、あの小説を読んだ時、自分にも身代りになってくれる絵があればいいなと思ったからね」

と、十津川は、いった。

「今も、本多あかりは美しいです。しかし、絵の代りに、私の胸の中の彼女の肖像が、崩れていくような気がするんです。私は古いんでしょうかね。私は、彼女の、古風ともいえる、凛（りん）とした気品が好きだったんですよ。復讐は、刑事としては許せませんが、ぎりぎりのところで戦っている彼女は、魅力的でした。それが、急に俗っぽくなってしまって、がっかりしているんです」

「ホンモノの千姫も、結婚しているよ」

「まさか、本多あかりは、西沢と結婚する気なんじゃないでしょうね」

「西沢か」

「警部は、あかりが、父と兄の復讐のために、西沢と手を結んだと考えておられるんでしよう。白石たち三人を殺した今、ひょっとして、西沢への感謝の念から、彼と結婚してもいいと思っているんじゃありませんかね」

亀井は、そんなことを、いった。

「殺人犯の本多あかりには、許されないといいたいわけかね？」

十津川が、きくと、亀井は激しく首を横に振って、

「違います。本多あかりは、ただの殺人犯じゃありません。殺された父と兄の仇を討ったんです。私刑は許されませんが、おかしないい方ですが、彼女は、立証して見せたんです。その代り、彼女は、いつも美しく、ストイックでなければ困るんですよ。そして、いつも懐剣をふところにして、常に、死を考えている。それなら、許せるんです。ところが、今、結婚を考えるという。別に、西沢じゃなくても、それでは、困るんです。結婚したいというのは、つまり、死刑になりたくないということでしょう。刑務所に入りたくないということでしょう。そんなわがままじゃ、復讐だって、汚いものになってしまいますよ」

と、いった。

〈私は、彼女と協力して、次の高橋圭一郎と南条圭子の二人を、罠（わな）にかけることに喜びを感じるようになっていた。私は、彼女の喜ぶ顔を見たくて、彼女に協力することにした

のだが、同時に、高橋圭一郎という成金趣味の男を、うまく罠に落とすのが面白くなったのだ。そうなると、私は白石の時以上に積極的に行動した。

彼と組んで、金持ちを欺して、安物の骨董を高価に売りつけてきた。人を欺してきて、まさか、自分が欺されることなぞ考えたこともない高橋を欺してやることは、やたらに楽しかったのだ。

高橋も、テレビで見た彼女に会いたがった。まだ彼女が、本多清純の娘とは知らずに、千姫になりたがっている資産家の娘としか見ていなかった。うまく欺せば金になる。その上、高橋は、何とかして、美人の彼女も手に入れたいと考えていたから、一層、欺しやすかった。

金と色の二つを狙っている人間ほど、欺しやすい相手はいないのだ。

白石の時と同じように、私が、一緒に姫路へ行った。二百万円の現金を持ってである。いつもと同じ手で、相手を欺せると思い込んでいるのだから、おめでたいとしかいいようがない。

ただ、今度は、彼女の考えた罠が、白石の場合と、少し違っていた。

今度は、姫路で、高橋を殺したい。しかも、死の直前に、なぜ、自分が殺されなければならないのか、悟らせてやりたいと彼女は、いった。死の直前に恐怖を味わわせてやりたいともいった。その言葉を口にした時の、彼女の凄艶さは、忘れられない。

そんな彼女の願いをかなえるのは簡単だった。自分が、相手を欺しているのだと錯覚している高橋を欺すことほど、易しいことはないからだ。

夜になって、彼女が、あなたに会いに行くので車で待っていて下さいと伝えると、高橋はニヤリとした。あの顔は忘れられない。あの瞬間、彼は、車の中で、彼女の身体を抱けると思ったに違いないのだ。彼女の金と肉体を一緒に頂けると、ほくそ笑んだに違いない。

あの夜、彼の車の中で、何が行われたか、私は見ていない。だが、想像することは出来る。

彼のベンツの中で、高橋は、和服姿の美しい彼女を抱きしめたのだ。彼の息は、荒くなっていただろう。彼の片手は、彼女の帯を解こうとしていたか、それとも、彼女の胸元に差し込まれようとしていたか、それはわからないが、その瞬間、高橋は幸福だったろう。

そして、次の瞬間、またとない恐怖を味わったのだ。

三人目の南条圭子の場合は、前の二人とは少し違った。

前の二人のように、女としての彼女の魅力に参ることはないし、白石と高橋の二人が、死んでいることもあった。

そこで、私と彼女は、ひたすら物欲で釣ることにした。人間の欲には、際限がない。南条圭子は金が溜まり、日本の女実業家の百人の中に入ったのに、なお、まだまだ金を欲しがっていた。

五カラットのダイヤの指輪を手に入れると、次は十カラット、二十カラットのダイヤを欲しがるようなものなのだ。

私は、本多あかりの正体を、わざとバラして聞かせた。あかりは、亡くなった父親から、三十億円を超す遺産を手にしているが、血は争えないもので、自分を千姫の末裔だと思い込んでいる。

それが、テレビで人気が出て、芸能プロデューサーが芸能界入りをすすめている。彼女もその気になっているのだが、千姫の末裔ということの方が、売りやすい。そこで、今、必死になって、自分が、千姫の子孫だという証拠を集めようとしている。打かけと懐剣だけでは少なすぎるからで、そのためには、いくら金を遣ってもいいと思っているから、今が金儲けのチャンスだと、南条圭子を焚きつけたのだ。

彼女は、サギで集めた金で、手広く事業を始めていたが、そうした地道な事業での儲けはタカが知れているし、この不景気だ、彼女は、一攫千金話に、飛びついてきた。

しかし、私たち（私とあかりのことだ）は、前の二人のように、姫路へ行けとはいわなかった。そんなことをいうと、南条圭子が、警戒すると思ったからだ。

だから、東京のホテルで、会うことに設定した。それから、彼女に注意した。今まで、本多あかりの美しさと彼女の金を狙って近づいた人間が何人もいますが、それが露骨に出て、警戒されてうまくいっていない。だから、金目的ではないことを、まず示して下さいと、私は注意した。不思議なもので、欺すのは難しいとなると、生れつきのサギ師はかえって、シャカリキとなってくるのだ。

南条圭子は、笑ってこういった。私は、女だよ。それに、まとまった現金をちらつかせればいいんだろう。今まで、それで失敗したことがあるかと。

あの瞬間、彼女は、私たちの罠に、すっぽりとはまってしまっていたのだ。

南条圭子は、見事に、東京のホテルの一室で殺された。多分、殺される直前まで、これから自分が手に入れる大金のことを考えていただろう。それが、この上ない恐怖に変った瞬間、彼女は死んだに違いない。

その夜、彼女から、電話があった。

「ありがとう。あなたのおかげで、これで全てが、終ったわ」

「それなら、ボクと一緒に外国へ逃げよう」

「その必要はないわ」

「しかし、警察は、君に眼をつけているよ」

「わかっています。刑事が何回も、事情聴取に来たわ。でも、あなたのおかげで、刑事は、私が犯人だという証拠が、つかめずにいるのよ。あなたが動いて下さったので、キレギレにだけど、私のアリバイが出来ているから。私もあなたも、逮捕なんかされやしないわ」

「じゃあ、これから、どうするんだ？」

「今、父の石仏を彫ってるのよ。あなたのおかげで、父の恨みを晴らすことが出来たので、きっと柔らかな表情の石仏になると思っているの。まず、それを京都のお寺に奉納するつもり」

「そのあとは？」

「例の番組に出て、自分の気持を話すから、ぜひ見て欲しいわ。あなたへの気持も、それとなく、話すつもりだから」〉

4

「いよいよ、今日ですね」

と、亀井が、いった。

「今日の午後九時から放映だ」

「あれから、彼女は、ホテルの外に出ていませんし、彼女を訪ねて来た人間もいません」

と、亀井は、いった。

「彼女が、何を考えているのか、わからないんだよ。あんなインタビューをうけて、誰に見せる気なんだろう?」

「ひょっとすると、もう、絶対に警察には捕まらないと、確信して、芸能界にでも進出する気なんじゃありませんかね」

と、亀井が、いった。

「まさか——」

「いや、大いにありえますよ。青木なんかは、芸能界でも絶対に成功するといっていますからね。あの美しさと、千姫の末裔ではないかというストーリィがあれば、絶対にスターになれるというんです」

「そんなことが、許されると思うのかね」

十津川は、腹立たしげに、いった。

午後九時になった。

十津川と亀井は、京都の別のホテルでテレビを見た。

まず、愛宕念仏寺での光景が、テレビ画面に出てくる本多あかりの表情に注目した。

十津川は、改めて、テレビ画面に映し出された。

新しい石仏の優しい顔が映り、それに花束を捧げる本多あかりの姿と横顔。

それに、感傷的なアナウンスがかぶさっていく。型どおりに進行していく。

そのあと、問題の本多あかりのインタビューになった。

あかりの笑顔が、美しい。

十津川は、その笑顔の裏にかくされているものを、必死で見つけようと、テレビ画面を凝視した。

しかし、それが、なかなか見えて来ないのだ。

見つからないままに、番組は終ってしまった。

「まるで、本多あかりという女性の宣伝番組みたいでしたね」

と、亀井が、苦笑した。

「青木なんかは、これで、次の番組に彼女に出て貰えば、必ず視聴率があがると、確信してるんだろうね」

「青木は、ニコニコしてましたよ」

「どうもわからん」

と、十津川は、小さく、首を振った。

「本多あかりの気持がですか？」

「そうだ」

「どんな風に、わからないんですか？」

「私の勝手な想像かも知れないが、私の頭の中で一つの本多あかり像が出来ていたんだ。それが、突然、崩れてしまったみたいでね。困っている」

「どんな本多あかり像なんですか？」

と、亀井が、きいた。

「私は、一つの理想の女性像を持っていてね。第一に、美しい」

「ええ」

「第二に、気品がある」

「ええ」

「そして、凛としている」

「それが、崩れましたか？」

「私が、錯覚していたのかな？」

「いや、本多あかりが変ったんだと思いますね。女は変りますよ、まあ男もですが」

「彼女が、変ったのかな」

「最初、彼女は、仇討ち一筋だったんですよ。そのために、千姫の末裔を名乗りました。有名になりたくてではなく、全て、仇討ちのためだったんだと思います。失敗すれば、死ぬことになると覚悟していて、懐剣を忍ばせていた。全て、キリキリと緊張していたんです。だから、私たちの眼に凛として見えたんだと思います。ところが、意外に簡単に仇討ちが成就してしまった。しかも、警察は、決定的な証拠をつかめずにいる。そうなると、人間は自然と、欲が出てくるんですよ。それも、俗っぽい欲がです。有名になりたい。結婚したいという欲です。本多あかりが、変ってしまったんですよ」

と、亀井は、いった。

「テレビ見たよ」

「私、どうだった？」

「相変らず、きれいだった。素敵だった」

「そう。よかった」

「ところで、あのインタビューでの言葉は、本当なのかい？　私も、千姫みたいに、結婚したいっていうのは」

「もちろん、本当よ。正直にいいましょうか」

「うん」

「あれは、あなたへの言葉のつもりなの」

「ボクへの？　本当なの？」

「こんなことで、嘘はつかないわ。私のこと、嫌い？」

「とんでもない。大好きだ」

「よかったわ」

「本当に、ボクと一緒になってもいいと思ってるのかい？」

「ええ。西沢さんの方は、どうなの？　私と、結婚してくれる？」

「君が良ければ、いつでもオーケイだ」

「私は、殺人犯よ」

「ボクは、その共犯だよ」

「嬉しいわ。今すぐにでもそちらへ行って、一緒に乾杯したいんだけど、外に刑事が見張ってるの。腹が立つわ」

「あと一週間もすれば、警察も諦めるさ。それまでの辛抱だよ」

「そうね。少し離れてるけど、乾杯しましょうか」

「同じシャンパンが、今、私の眼の前にあるの。君に贈って貰ったヴィンテージもののシャンパンがあったな」

「同じシャンパンが、今、私の眼の前にあるの。乾杯しましょうよ。私たちの将来を祝って」

「いいね」

「じゃあ、注ぐわ」

「いい色だ」

「乾杯！」

「乾杯！」

「――――」

「コーポ石神井ですか？」

「はい、コーポ石神井の管理人室ですが」

「そちらの306号室の西沢さんに、いくら電話しても通じないんですよ。心配なので、見て来て下さいませんか」

「306号室の西沢さんですね。そちらのお名前は？」

「私は、姫路の本多あかりといいます。このまま、待っていますから、お願いします」

「管理人ですけど、大変です。西沢さんが、血を吐いて、倒れていて、いくら呼んでも返事をしないんですよ。死んでるかも知れない。どうしたらいいんです？」

「すぐ、一一九番して下さい。一一〇番もした方がいいですね」

「すぐ、やります」

5

京都にいた十津川は、けたたましい電話の音で、眼をさました。

時刻は、十二時に近い。

隣りのベッドの亀井も、眼をあけて、十津川を見た。

「西本です」

と、東京にいる西本刑事の声が、聞こえた。

「今、練馬区石神井のマンションにいますが、この306号室で、鑑定人の西沢が、死んでいます。検死官の話では、青酸中毒死のようです」

「それで、自殺か？　それとも、殺されたのか？」

「わかりませんが、死ぬ直前まで、シャンパンを飲んでいたと思われます」

「そのシャンパンの中に、青酸カリが入っていたのか」

「管理人の話があります。今から、三十分ほど前に、女性の声で、管理人室に電話があったそうです。306号室の西沢さんが電話に出ないので、見て来てくれというので管理人が見に行った。マスターキーで、ドアを開けて中に入ったら、西沢が血を吐いて倒れていた。それで、電話して来た女性に知らせると、ひどく落ち着いた声で、すぐ、一一九番と一一〇番して下さいといったそうです」

「その女性の名前が、わかるか？」

「姫路の本多あかりと名乗ったそうです」

「クソ！」

と、十津川は、声を出し、

「何か、いい忘れたことはないか？」

「西沢の死体の傍に、携帯電話が転がっていました」

「じゃあ、誰かと携帯で話していたんだ。すぐ、相手を調べておいてくれ」

「わかりました」

「カメさん、都ホテルへ行くぞ！」

二人は、タクシーを呼んで貰い、都ホテルに急行した。

すでに、日が、変っている。

都ホテルに着く。

十津川たちは、タクシーから飛び降りて、都ホテルに入って行く。

途中で、十津川の携帯が鳴った。歩きながらそれを聞く。

「西沢がかけていた相手がわかりました。本多あかり名義の携帯です」

と、西本が、いった。

「わかった」

十津川は、携帯を切り、フロントに向って、

「ここの７０１２号の本多あかりさんを呼んで貰いたい」

と、いった。

フロント係は、館内電話で呼んでいたが、

「お出になりません」

十津川は、警察手帳を見せて、

「マスターキーを持って、一緒に来て下さい」

と、フロント係に、いった。

7012号室に行き、インターホンを鳴らしたが、応答はなかった。

フロント係が、マスターキーで、開けてくれた。

和室に、居間が続いている部屋だった。

その奥の十畳の和室に布団が敷かれ、その上で、本多あかりが死んでいた。

きちんと和服を着て、俯せに、屈み込むような姿勢で死んでいるのだ。血が、流れている。

抱き起こすと、彼女は膝をしっかりと紐で縛り、懐剣でのどを突いているのがわかった。

部屋の隅の小机の上に、封書と、百万円の入った紙袋が置かれていた。

〈警察の方へ

電話で、西沢の死を確認しました。

これで、全て終りました。思い残すことは、何もございません。

部屋を汚して申しわけございません。わずかでございますが、弁償のお金を置いておきます。これで、お許し下さい。

都ホテル様

本多あかり〉

京都府警に連絡がとられ、本多あかりの死体は、司法解剖のために運ばれて行った。

十津川と亀井は、ロビーにおりた。

「やはり、自害しましたね」

ぼそっと、亀井が、いった。

「そうだな」

と、十津川が、短かく肯く。

「千姫らしい死に方です」

「ああ」

「刑事としては、自殺されたのは残念ですが、これで良かったような気もしています」

「私もだよ」

と、十津川が、いった。

この作品はフィクションであり、実在の個人・団体・事件などとは、いっさい関係ありません。（編集部）

二〇〇二年十月　講談社ノベルス刊
二〇〇五年十月　講談社文庫刊

光文社文庫

長編推理小説
十津川警部(とつがわけいぶ) 姫路(ひめじ)・千姫殺人事件(せんひめさつじんじけん)
著　者　西村京太郎(にしむらきょうたろう)

2016年2月20日　初版1刷発行

発行者　鈴　木　広　和
印　刷　豊　国　印　刷
製　本　ナショナル製本

発行所　株式会社　光文社
〒112-8011　東京都文京区音羽1-16-6
電話　(03)5395-8149　編　集　部
8116　書籍販売部
8125　業　務　部

ISBN978-4-334-77241-3　Printed in Japan

組版　豊国印刷

お願い　光文社文庫をお読みになって、いかがでございましたか。「読後の感想」を編集部あてに、ぜひお送りください。

　このほか光文社文庫では、どんな本をお読みになりましたか。これから、どういう本をご希望ですか。

　どの本も、誤植がないようつとめていますが、もしお気づきの点がございましたら、お教えください。ご職業、ご年齢などもお書きそえいただければ幸いです。当社の規定により本来の目的以外に使用せず、大切に扱わせていただきます。

光文社文庫編集部